平安豫界行

行走4993公里的影像记忆

河南省民政厅
河南广播电视台 组编

河南大学出版社
HENAN UNIVERSITY PRESS
·郑州·

图书在版编目（CIP）数据

平安豫界行：行走4993公里的影像记忆/河南省民政厅，河南广播电视台组编.-- 郑州：河南大学出版社，2024.10. --ISBN 978-7-5649-6105-3

I.I25

中国国家版本馆CIP数据核字第2024WL8836号

平安豫界行：行走4993公里的影像记忆
PINGAN YUJIE XING：XINGZOU 4993 GONGLI DE YINGXIANG JIYI

责任编辑	王丽芳
责任校对	李　云
封面设计	翟淼淼
出版发行	河南大学出版社
	地址：郑州市郑东新区商务外环中华大厦2401号
	邮编：450046
	电话：0371-86059752（大众文化出版中心）
	0371-86059701（营销部）
	网址：hupress.henu.edu.cn
排　　版	李晓玲
印　　刷	河南瑞之光印刷股份有限公司
版　　次	2024年10月第1版
印　　次	2024年10月第1次印刷
开　　本	787 mm×1092 mm　1/16
印　　张	10
字　　数	164千字
定　　价	72.00元

版权所有·侵权必究
本书如有印装质量问题，请与河南大学出版社营销部联系调换。

本书编委会

编委会主任：余广庆　王仁海
副　主　任：竹怀农　郭士飞
成　　　员：李玉洁　丁照霞　郭振军
　　　　　　王明远　南瑞忠　叶　川
　　　　　　段宗亚　翟京宁　张　炎
　　　　　　王锐锋　王　鹏　陈　俊
　　　　　　顾　茗　连卫东　王占宏
　　　　　　张艾可　蔡　磊　龚珊珊
　　　　　　李亚楠　周晓磊　邱珂珂
　　　　　　吴　严

序　言

　　"对面的兄弟们，河南欢迎你，来怼碗胡辣汤吧，老师儿！"

　　大别山深处，群山环绕，连绵不绝，这里有浓浓的特色，这里有深厚的乡情，这里兄弟情深，血脉相连。

　　2022年，由河南广播电视台和河南省民政厅联合拍摄制作的河南省界系列纪录片，一经播出便受到广大观众的好评。历时9个月，6条省界线，116个省级界桩——那是4993公里的影像记忆，那年夏日的风燥热难耐却令人陶醉，脚下泥泞，但风景在路上……

　　历史上，边界是三不管地带，"贫穷落后"曾经是这里的代名词，边远艰苦的自然条件是人们对边界的一贯认知。在新时代的今天，我们的省界究竟是什么样的？我们将以什么方式来讲述今天的平安省界故事？带着这样的问题我们对省界进行了实地采风。一个月后，今日河南的省界印象在我们面前铺开："绿水青山才是金山银山"的春风越过高山、越过湖泊来到省界，河南的省界线已经发生了日新月异的变化，曾经的边远落后已经变为今天的前沿先进；曾经的穷山恶水已经变为今天的绿水青山；曾经人迹罕至的边界区域今天已经成为广大"驴友"打卡圈粉的旅游目的地……河南省界肉眼可见的变化给了我们"破壁重生"的惊喜，也给了我们制定"大美中原，从省界走起"整体策划思路的信心。省界巨变背后究竟有着怎样的驱动力，它的精神内核又是什么呢？

　　赵小花是河南山西省界处的一个真实的人物，她的故事在当地广为流传。故事中的大坝位于河南和山西交界的省界线上，大坝建在河南的王屋山镇，而库区却在山西阳城县，这是典型的"占山西的地建水库，解决河南人的喝水问题"。这是一个很好展示两省人民和谐相处的省界平安故事。以铁姑娘的故事为线索，还原当年修建大坝时的艰难困苦。在那个热血澎湃、激扬青春、无私奉献的年代，大坝是当地人的生命之源，也是见证豫、晋两省人民友谊的大工程。"铁姑娘"是当年众多参与修建大坝的一员，从她身上我们仿佛看到了千千万万个铁姑娘。当年，上古愚公为走出大山立志要凿开太行、王屋二山，感天动地。新中国成立后，改天换地的农民当家做主，一个个像"铁姑娘"一样的王屋山人秉持愚公精神，历尽千辛万苦，修建大坝，彻底解决了千百年来王屋山人的吃水难问题。

今天，当我们见到已经71岁的赵小花时，当年的"铁姑娘"已经步履蹒跚、垂垂老矣，她把人生中最美的芳华献给了无悔的事业，她的青春岁月永远铭刻在大坝之上。大坝建成后老人很少再来，我们搀扶着她走上了大坝，触摸着冰冷的坝体，记忆喷涌而出，热火朝天的激情岁月唤醒了当年的"铁姑娘"，她脱口而出的金句，让我们感慨不已："拧成一股绳，劲往一处使，水不下山，我不下山，这就是我们当年修建大坝时的想法……"

大坝气势磅礴、巍峨挺拔，滋养着王屋山人民。"前人种树，后人乘凉"，我们依稀看到省界人民坚韧不屈、顽强拼搏的愚公精神。它不仅是我们华夏儿女的宝贵财富，更是属于全人类的宝贵财富。愚公的故事就是我们要讲述的中国故事，愚公的精神就是走向世界的中国精神……

以山而分，是天地造化的伟大神奇。
以河为界，是奔腾流淌的大地血脉。
山水含情，边界有意：
在这里，
你听得到红歌嘹亮，红色精神永不倒的广为传扬；
你看得到绿水青山转化为金山银山的振兴篇章；
你能见证区域中心战略下，两岸经济的乘风破浪；
你会感动于大河渡口，血浓于水的情深一往。
4993公里蜿蜒路，116个省界桩，
十年巨变十年沧桑，
多少唇齿相依的故事就在这六线八方。
来吧！
从家乡到远方！跟上我们的脚步！
带你看看不一样的，平安豫界！

前　言

2022年是党的二十大召开和"十四五"开局之年。这一年，河南省民政厅、河南广播电视台联合策划拍摄制作了大型全媒体纪录片《平安豫界行》。这部纪录片记录了记者实地行走省界线，踏访省界上的一座座村落，见证发展，发现故事，记录生活，赏美景，品美食，探寻人文奥秘，体验旅行乐趣，提供实用的旅游资讯，引领公众选择旅游目的地和出行方式。用车轮丈量、用影像记录发展变化中的省界，以省界作为着眼点，通过小切口反映大主题，打开行走河南、读懂中国的一扇窗。

《平安豫界行》摄制团队沿着河南省界一路走来，经过近一年的拍摄制作，共拍摄了8集系列片，包括行走记录、采访花絮及"豫界·各界谈"专访，并创作了主题歌MV《豫界平安·遇见你》。此外，编导手记等拍摄制作背后的故事，也引人入胜。

《平安豫界行》原计划按照豫鄂、皖豫、鲁豫、冀豫、晋豫、豫陕等6条省界线划分拍6集，但是我们在具体采风和实拍中发现，省界线是一座座巨大的宝藏，每条省界线拍摄1集无法完全呈现省界的变迁和今天红色文化绿色发展的时代主题，于是在原有的基础上，对"一脚踏三省"、飞地故事及开篇部分又拓展出2集，即使这样，编导们还是觉得很多有价值的内容没有在片子中体现，所以，摄制组认为不能让这些成为遗憾，决定将这些内容进行整理和出版，以文字和图片的方式弥补心中的那份不安，这也是我们对大美省界的感念和尊重。

此外，我们还将把省界上13个地市46个沿边县市区有趣好玩的故事精挑细选编撰其中，希望出版后受众的感受是满满的热情和出行冲动：大美中原，从省界走起。

目录 CONTENTS

上篇　豫界·行走

第一集　豫鄂陕晋界

　　大别山下红旗飘扬　我们从这里出发 /003

第二集　豫陕界

　　八百里伏牛山　豫陕界薪火传 /019

第三集　晋豫界

　　晋豫同心　握指成拳向大山宣战 /035

第四集　豫晋冀界

　　仰望红旗渠　太行深处一脚踏三省 /049

第五集　鲁豫界

　　台前经验两省共荣　平安和谐鲁豫一家亲 /065

第六集　兰考的生命誓言和鲁豫之约 /079

第七集　皖豫界

　　"小人物"连接"大世界"　皖豫同脉边界变前沿 /093

第八集　豫鄂界

　　红色文化绿色发展　一湾淮水润豫鄂 /105

下篇 豫界·各界谈

扶老助残救孤济困　福满天下利国利民 /126
　　——访河南省福利彩票发行中心主任叶川

赓续红色精神谱新篇　踔厉奋发建功新时代 /130
　　——访河南省社科联副主席李新年

小界桩牵动大战略 /134
　　——访河南省遥感院党委书记李辉

致敬省界上飘扬的旗帜 /138
　　——访河南工业大学新传院社会实践活动师生

绘制出行蓝图　助力伟大复兴 /142
　　——访上汽大众汽车有限公司华中大区经理王立峰

《平安豫界行》主题歌：豫界平安·遇见你 /145

上篇
豫界·行走

第一集
豫鄂陕晋界

📍 大别山下红旗飘扬　我们从这里出发

九渡村

【采风】

碧绿金刚台——我们从这里出发

"八月桂花遍地开,鲜红的旗帜竖呀竖起来……"

2022年6月16日上午,河南信阳商城县金刚台,《平安豫界行》采访团在这里集结,6面鲜红的省界旗帜在山谷间飘扬,浓厚的红色文化让人心潮澎湃。小小界桩是平安故事的载体,116个省级界桩的连线构筑成了大美中原、平安河南的"金边"。行走边界,记录河南边界的发展,其实是打开向世界展示中国的一扇窗。

鸡鸣三省　荆紫关

从商城出发，摄制组一路向西……

在河南南阳淅川县西北部，有一个小镇被称作"陕之咽喉""鄂之门户""豫之屏障"，楚风秦韵与中原文化在这里碰撞后形成了独特韵味。这个一脚踏三省的地界就是荆紫关。

战国时期，此地属于楚国管辖，楚王派太子荆来镇守，于是此地就取名"荆子口"。到了明朝中叶，明王朝派官兵千余人驻守，并改"荆子口"为"荆子堡"。因为这里满山遍野盛开着紫色的荆花，清朝初年，当地人又把"荆子堡"改为"荆紫关"，此名一直沿用至今。

荆紫关，地处豫、鄂、陕三省交界地，素有"一脚踏三省""鸡鸣三省荆紫关"之称，是河南省六处三省接壤地中唯一的商业古镇。荆紫关古镇历史悠久，有着丰厚的商业文化和绚丽的古建筑文化遗存。

踏着厚厚的青石板，走过斑驳的老店，时光仿佛倒流，古镇尘封千年的历史慢慢打开……

春秋战国时期，这里曾经是楚国的势力范围，当时是楚王太子荆的封地。荆子口西北方向与秦国接壤，楚国和秦国这两大诸侯国交战非常频繁，史料记载，早上秦国派兵攻占了荆紫关，荆紫关的居民就成为秦国的居民，晚上楚国又派兵攻占了荆紫关，荆紫关居民又成了楚国的居民，他们为了生存，不得不见风使舵，时而倾向秦国，时而倾向楚国，成语"朝秦暮楚"就发源于此。那么，今天的荆紫关却演绎着怎样的平

安故事呢？

北倚太行怀梆情浓　　万里茶道流经此地

沁阳，北倚太行山，与山西省晋城市交界。古称怀庆府、河内县，因故城位于沁水之阳而得名，属中国第一批"千年古县"。悠久的历史，让这个小城积淀了厚重的历史文化和星罗棋布的人文景观。史料记载，杨军卫、神仙洞都是当年杨家将屯兵驻守的军事要塞。而怀庆府的怀梆戏是我们此行的重要关注点之一。

2006年，怀梆被列入第一批国家级非物质文化遗产名录。然而，在市场经济的浪潮中，怀梆也曾一度面临后继无人的困境。后来，怀梆第五代传承人赵玉清改变怀梆口传心授的方式，用古曲新编的方法使怀梆焕发出新的生机。

2012年，在沁阳市政府的支持下，沁阳市怀梆艺术团改为沁阳市怀梆艺术保护传承中心，该中心积极开展整理谱曲、复排工作，使得怀梆跟上时代的步伐，排出了一些当代的剧目，受到了百姓的欢迎。怀梆的真正源流就是当地人民历代传承的勤劳、淳朴、乐观的精神，以及面对艰难困苦时积极向上、不屈不挠的生活态度。也正是在这种精神的涵养下，怀梆才得以在这片沃土上源远流长。

此外，常平乡有个古老的村子叫九渡。因丹河的第九个渡口在村旁，故得名"九渡村"。九渡村于明末清初形成村落，但据考证，远在唐宋时期，此地就有人类零星居住。九渡位于峡谷中，周边群山环绕，北侧山脉为河南与山西的交界处，因位置险要，历来为兵家必争之地，现存的宋寨（六郎寨）、杨军卫、神仙洞据说为杨家将屯兵驻守的军事要塞。

九渡村地处偏远，位于104省道边界，全村虽然只有500多口人，但是来这里旅游的人却络绎不绝。而夏天这个季节，也是来九渡丹河消暑纳凉的好时节。九渡村包含13个自然村，尚河村是九渡村13个自然村中最偏远、最有特色的古村，离宋寨有6公里，与山西省相邻。整个村落由东南向西北呈扇形布局，整体地势西北高、东南低，这里的建筑多为两层，犹如世外桃源一般。

此外，九渡村所在的常平乡还是"万里茶道"一条重要的商道。这条商道以运送茶叶为主，从福建经水路至汉口，再经水路至湖北北部和河南南部，再经陆路到山西、内蒙古，跨外蒙至恰克图，经乌拉尔直至莫斯科、圣彼得堡。"万里茶道"是宝贵的历史文化资源，也是珍贵的世界文化遗产。由河南省内经过的只有洛阳的孟津和沁阳常平乡，位于沁阳市常平乡北碗子城山，地处豫、晋交界，古为京洛孔道，是豫、晋交通的咽喉。羊肠坂道南起常平乡，北至西碗子城村，长约4公里，由人工以鹅卵石铺砌，宽1—4米不等。由于过往商贾及骡马踩踏，路面变得光滑发亮，局部至今仍留有马蹄践踏的印痕。

【在路上】

平安豫界行　豫鄂陕晋

线路：信阳商城县➡淅川荆紫关➡沁阳窑头村➡沁阳九渡村

2022年6月16日，河南信阳商城县金刚台，《平安豫界行》采访团在这里集结，6面鲜红的省界旗帜在山谷间飘扬，浓厚的红色文化让人热血澎湃。小小界桩是平安故事的载体，行走河南，读懂中国，在当今世界不确定因素增多的大背景下，以平安故事向世人展示中国的发展有着十分重要的意义。

中国的文化核心在中原，中原的文化核心在河南，因此我们行走边界，从文化的视角看待中国，更加增强我们的文化自信。

平安稳定是社会发展的基石，边界的平安是社会平安的一个重要体现。近年来，随着河南经济社会的高速发展，河南版图的省界线也展现了从边缘到前沿的良好态势。行走边界，看河南边界的发展，实际上也是看中国的发展。

边界的发展，体现了中国的发展；边界的和谐，体现了中国的和谐；边界的富强，体现了中国的富强。因此我们相信，走完边界，读懂中原；走完边界，读懂中国；走完边界，我们更加自信。

一脚踏三省　来到荆紫关

河南的边界是什么样子？是气势磅礴的雄关，还是一览无遗的沃野平川？是巍峨耸立的大山，还是奔腾汹涌的长河？是绵延4 993公里的边界线，还是庄严肃穆的116个界桩？采访团一行十几人从信阳到南阳一路沿着边界线，或步行，或攀登，见证了中原大地边界上的平安故事。我们的第一站来到了素有"一脚踏三省"之称，位于河南省南阳市淅川县西北部，地处豫、鄂、陕三省接合部的"中国历史文化名镇"——荆紫关。

我们踏着荆紫关街上厚厚的青石板，看着两边斑驳的老店，感觉时光倒流，仿佛走进了古镇那段尘封千年的历史。据当地人张军介绍，春秋战国时期，这里是楚王太子荆的封地，当时叫荆子口。

春秋战国，兵荒马乱，荆紫关作为秦楚隘口，成为兵家必争之地。也正是因此，在这里诞生了一个经典的成语——朝秦暮楚。

张军说，春秋战国时，荆紫关曾经是楚国的势力范围，紧挨着的陕西是秦国的势力范围，这两个大诸侯国交战非常频繁，早上，秦国派兵攻占了荆紫关，荆紫关的居民早上就成为秦国的居民；晚上，楚国又派兵攻占了荆紫关，荆紫关居民晚上又成为楚国的居民，所以著名的"朝秦暮楚"的成语，就发源于此。

当历史烛光划过时间的长河照耀到现代，曾经的兵戎相见之地早已换了容颜，形成了有着颇为有趣的风土人情的村落。在白浪街的三省亭下，每天都会有游客来体验脚踏三省的美妙感觉。然而对于这里的人来

平安豫界行
行走 4993 公里的影像记忆

九渡尚河村

荆紫关古镇讲解员张军

荆紫关居民

说，早已见怪不怪。

"大姐，在这儿打麻将呢？我看咱是三省客栈啊，咱们是来自三个省的吗？"记者问。"是的，我们几个分别是河南、湖北和陕西的。"这三位来自三省的大姐，在一起玩得不亦乐乎。不仅是玩，在这里，三省的交融几乎渗透到了生活的方方面面。

记者来到了孙金芬的家。"因为有三个省的人，也算是吃三省，因为在三省边界，肯定是吃三省。"孙金芬对记者说。记者看到，孙金芬家餐桌上的菜果然三省的口味都有。

"我们是陕西，隔壁是河南，对面是湖北，我们和河南是一墙之隔，和湖北是一路之隔，主要是太近了，不是亲都是邻，相处得都不错。"

水电也是三个省一块用。

谁家有红白事了，不用叫，每家自动会去一个帮忙的。

一脚踏三省，一桌玩三省，一席吃三省。虽然语言、习惯有所不同，但经过千百年来的磨合，三省村民在这里早已不分你我。他们互帮互助，互敬互爱，共同朝着平安幸福的美好生活努力前行。

从荆紫关到茶马古道

从春秋战国的荆紫关古镇走出，历史的车轮跨越了八百年，带着我们来到了边界探访线的另一古地：始于隋代的"茶马古道"。

沁阳市常平乡窑头村是河南与山西交界的一个村子，而我们脚下踏

荆紫关三省门楼拼图

荆紫关一景

荆紫关一景

荆紫关一景

着的这条青石板古道，六百年前曾是沟通晋东南和豫西北的一条重要通道。

郭大爷是窑头村的村民，也是沁阳文旅局在村里指定的文物保护研究员，他带着我们一路向北顺着古道往上走了大约5公里，就到了山西的一个村子——斑鸠岭。这里仅剩的一户山西村民与郭大爷亲如邻里。

提起茶马古道，郭大爷侃侃而谈："这是从山西铺下来的最早的一条通道，茶马古道。人担、骆驼驼、骑马坐轿的都是到这儿停留住店。经商的都走这条路，过去就这一条路。""我们这儿最好吃的就是拉面。拉面，拉面，今天中午吃拉面。"

古道是河南通往山西跨越山川的通道，古时这里是两省往来的纽带，而今天，一条丹河自东部沿太行山脉而下，又将两省的边界村子紧紧连在了一起。丹河的上游是山西晋城的高平市，下游就是河南沁阳的常平乡九渡村——一个

荆紫关一景

至今保存完好的国家级传统古村落。

在九渡村13个自然村之一的尚河村，78岁的刘大爷告诉记者，村里45岁以上的妇女基本上是山那边嫁过来的山西姑娘，山西那边的村子叫石盆河村。

作为河南豫西北的边界村，九渡村曾经被这样一句话形容："山高石头多，出门就爬坡，地无三尺平，年年灾害多。"这是过去九渡村的真实写照。九渡村老支书石青云任支书的时候，这个村的情况，交通基本靠走，"山比较穷，水比较恶，不能利用"。"为啥这么穷？就是没有文化，没有知识，"石青云说，"于是我就想着先修学校，把学校修好。当时学校就是石头房，中间有很大的缝，一下雨就往里面漏水。"

从修学校到修路，再到把九渡村变成连山西邻居都来串门的旅游度假地，九渡村委会带着九渡村民干了近30年。如今，昔日的穷山恶水变成了真正的金山银山，九渡村村民的生活越来越好了。

"但是集体经济不行啊，村里还是比较穷。我干了22年支书，又干了3年村委委员，总共干了不到30年吧，后来就交给了刘桂林。"石青云说。

2016年刘桂林接任村支书时，九渡村还没有摘下全国贫困村的帽子，他告诉我们："如今村集体的收入跟以前相比，可大不一样了。通过项目分红、房屋租赁、光伏发电等，去年我们的账上收入了26万多元，这是九渡有史以来从来没有过的，国家的扶贫项目给我们带来了真实的收益。"

如今的九渡村再也不是过去的穷面貌了，就像去年夏天碰到了百年不遇的洪涝灾害，村里的路基被全部冲毁，旅游设施也全部毁坏，在上级部门的支持和村委的共同努力下，我们只用了不到一年的时间，就完成了村里的灾后重建。

刘桂林还有个想法："现在防汛形势严峻，原来有一个投资商想来投资，计划把这一片水域全部利用起来，建一个水上舞台项目，项目若建成，老百姓本来摆摊摆到晚上6点的，就能摆到晚上12点，就可增加一半的收入。"

尚河村的一位老大爷感慨地说："路硬化了，电送来了，水解决了，我们感谢党的恩情啊。我在村小学当代课老师，教了15年学。当年架这个电线，是我领着干的。入党后，我就尽自己最大的努力为群众办

九渡村古建筑

九渡村支书刘桂林

九渡村老村支书石青云

豫晋界上古村落

好事,我就想着,发一点光,散一点热,为群众办点好事。"

老支书石青云穿着红马甲巡河,尚河村老大爷拄着拐杖采药材回来了。我们走过青石板路,望着古道上的千年古树,浮想联翩。

怀梆戏的传承

82岁的赵玉清是沁阳市怀梆戏剧艺术团的退休演员,也是豫西北怀

怀梆剧照

怀梆剧照

怀梆传承人赵玉清

梆剧种的第五代传承人。怀梆剧为国家第一批非物质文化遗产之一,在沁阳深受二十世纪五六十年代人的喜爱。退休的赵老师这些年每天都不闲着,她是这些怀梆戏业余演员的指导老师。

为了怀梆剧的艺术传承和普及,赵玉清觉得业余演员更需要有人带领着他们坚持学习和排练。70岁的时候,赵玉清又开始学电脑上网,买录音笔录唱腔,线上指导外地的怀梆业余爱好者。

传承怀梆剧

传承怀梆剧

赵玉清告诉我们，现在在这里唱的不是最好的，更好的有王寨的唐秀琴和宋寨的武芝芹，还有温县三家庄的袁雪英。她边说边示范着唱起来。

一道一脚踏三省的白浪街，一条南北通衢的古道，一个承载600多年历史的古村落，一种传唱百年的怀梆剧。青石板上写满的是历史的沧桑厚重，怀梆剧里唱出来的是一代代人对生活对这片故土的热爱和眷恋。古老的记忆，现代的发展，沿袭着历史的交接，而这些古镇古村人的生活，在新旧时代的更迭中变得越来越好。

第二集
豫陕界

八百里伏牛山　豫陕界薪火传

【采风】

悠悠铁锁关——红二十五军难忘的传承

这里是豫西南的小城卢氏,县城四面环山,虽然地处山区,却交通便利。这里也是河洛文化的重要发源地之一,汤汤洛河一路向东,2000多年来见证着这座城市的变迁。沧海桑田,斗转星移,不变的是自建县以来,卢氏从未更名,城址从未迁移。

豫陕界卢氏县

作为曾经的国家级贫困县,卢氏县近些年正以翻天覆地的变化让人瞩目。为了解决深山贫困群众吃水难、行路难、上学难、看病难、脱贫难的"五难"问题,卢氏县把易地扶贫搬迁作为脱贫攻坚"五个一批"中最重要的一批,2018年底前,圆满完成9 214户33 695名群众搬迁任务。2021年，卢氏县"生态廊道"公路建成通车。它不仅联结起周边的高速公路，更为当地农产品产业链的加速发展提供了动力。

官坡镇是西通关中、南下荆楚的交通要道。清乾隆年间，官坡镇兰草村就有了集市，赶集者遍及河南卢氏南山七乡镇和陕西三要、高耀、峦庄等地，每逢农历初一、初四、初七集日，集市车水马龙，热闹非凡。改革开放后，随着途经该镇的G344、S331、S250等国道、省道的贯通，该镇的官坡街和庙台中心村扩街道，改门店，又分别兴起了农历初二、初五、初八和初三、初六、初九的集日。从此，官坡镇就有了独具特色的"一镇三集"景象，当地人说："家住豫陕边，天天有集赶。商品好又多，轻松把钱赚。"在这个繁荣发展、蒸蒸日上的地方，有一位英雄，他作为军史布艺第一人，留下了红色精神代代相传的佳话。

红色精神代代传

6岁的孩子陈昕启，当记者问到他的名字是谁起的，有什么寓意的时候，孩子告诉记者："昕启的名字是爸爸陈晶起的，昕（新）启，意义就是新长征，再启程。"孩子的话，不是简简单单对一个名字的诠释，这里面还有一个关系五代人的红色感人故事，故事的主人公之一是卢氏县为之骄傲的党员——陈廷贤。

1934年冬，红二十五军军长程子华率部3 000余人长征，在豫西卢氏县被敌军设下布袋阵，差点全军覆没。前后左右均无路可走，红二十五军陷入重兵铁围。面对恶劣的形势，许多同志产生了绝望情绪，主张和敌人硬拼,并默默地做着最后的准备。正在军领导苦思冥想寻找出路的时候,12月4日,远距离侦察的手枪团在豫鄂陕边省委书记张星江的帮助下,在距卢氏县城10余公里的横涧乡大干村遇到了一位去青山赶集卖糕点的货郎,手枪团侦察兵把他带回军部。他,就是陈廷贤。陈廷贤来到军部,程子华亲自和他谈话。他说:"程军长,你们快走吧,不敢拖延时间,我给你们带路。我这些年来挑着货郎担在卢氏四野八乡来回跑,走过一条小路,这条路只有当地牧羊人才走,其他人一般不知道。这条路虽然险要、崎岖难走,但可以绕过朱阳关、五里川两个隘口,直插陕西的洛南!"于是,红军主力由陈廷贤带领翻大夫岭、茄子河、石门,经香山庙向官坡镇隐蔽前进。红军在官坡镇稍做休整后,直奔与陕西交界的兰草村,并在此宿营。12月8日,先头部队直扑豫陕交界处的要塞铁锁关,陕军败逃,进军陕南的大门终于被打开了。陈廷贤的义举,挽救了红军,使蒋介石欲聚歼红二十五军于卢氏的企图成了黄粱美梦。

陈晶出生的时候,他的爷爷陈廷贤已经去世了两年,虽然未曾谋面,但从小就听爷爷为红军带路的故事,陈晶下定决心,一定要重走一趟爷爷当年带红军走过的路。而今,这条路,反反复复被陈晶走了无数次,每一次重要的节点,每一次重走,他都有不一样的感受。

悠悠铁锁关

到陕西的边界了,这里就是当年陈廷贤为红二十五军带路最后与之分别的一站——铁锁关。我们今天看到的是河南和陕西两省共同修筑的宽阔的马路，但在1934年的冬天，这是两座山的关隘。从敌人的包围圈一路走到铁锁关，红二十五军和陈廷贤用了三天四夜。也正是由于陈廷贤的带路，红二十五军才转危为安，顺利入陕，进入创建鄂豫陕根据地阶段。

2019年的12月8日，陈廷贤的党员身份被恢复，这位九泉之下的老人终于圆了临终的心愿。由于陈廷贤事迹的报道，陈晶还意外地找到了爷爷失散多年的山西老家的亲戚。

如今的卢氏县官坡镇兰草村，不仅有享誉豫、陕、晋三省的兰草郭家豆腐，而且其成为革命老区红色文化教育基地后，全国各地来此参观、学习者络绎不绝，为革命老区发展带来了新机遇。官坡镇兰草村与陕西联姻众多，经济往来频繁，20世纪90年代开通出省公路后，兰草与洛南对开班车成为卢氏唯一一个从行政村发往省外的车次。

人杰地灵函谷关

灵宝，一个听名字就能想到人杰地灵、物华天宝的地方。灵宝的秦函谷关作为河南省的西大门，位于豫、陕、晋三省交界，西踞高原，东临绝涧，南接秦岭，北临黄河，是中国历史上建置最早的雄关要塞之一，与"一夫当关，万夫莫开"的剑门关都是重要关口。这里还是我国古代思想家、哲学家老子著述五千言《道德经》的地方，千百年来，众多海内外道家、道教人士都到这里朝圣祭祖。

提到函谷关，我们不仅会想到这里曾是战马嘶鸣的古战场，曾经发

豫陕线摄制组成员合影

生过大小战役200多次,其中有16次重大战役甚至影响了中国历史的进程。除了这些战役,还有一个重要的历史人物不得不说。春秋末期,道家鼻祖老子在函谷关写下了洋洋五千言的《道德经》,开创了我国独有且影响世界的道家文化,奠定了道教文化的发展基础。

1992年之前的函谷关还曾是旧址,保存的建筑有令尹望气台、孟尝君鸡鸣台、老子著《道德经》的太初宫等,1992年灵宝市政府按照原古关图形,投资重建了关楼。函谷关景区有一个村子,叫"函谷新村",2011年函谷关景区要扩建,原来的王垛村的部分张姓村民向南搬迁到"函谷人家",便是"函谷新村"。这里距离老村大约有2里地。百户人家,顾全大局抛家舍业,舍小而顾大,舍近而求远,除旧而创新。现在村中竖街横巷,修齐规整,小院重楼,清洁幽雅。村里有一位叫张允立的老人,七十高龄,个子不高,头发花白,精神矍铄,他在函谷关的王垛村生活了近一辈子，说起函谷关的文化历史，他思路清晰，头头是道。

函谷关虽为天下名关，但谁来看护？几百年来张氏一族毫无怨言，不计报酬，默默地守护着函谷关。几百年来张氏族人倾听着黄河、涧河的流水声，倾听着战争的炮火声、过关的马蹄声，见证了风云的变幻、关楼的更替、函谷关的兴衰。几百年来张氏族人经历了世事的沧桑、朝代更迭，见到过名人墨客的拜访、达官显贵的巡游、道人的拜谒、游人的观赏、《道德经》的论坛，更有幸目睹了党和国家领导人及国际组织负责人的风采。日复一日，年复一年，他们守护着世界文化遗产，守护着灵宝人民引以为豪的历史名片。这种了不起的付出和坚持是自强不息、坚持不懈精神的生动体现，已成为流淌着中原儿女血脉里的精神基因。

一处历史古迹见证了一座城市的发展，一代人又陪着它护着它在历史的长河中继续发扬它的文化价值。是这座城和城里的人守护了它，还是它为这座城带来了文化、经济的发展，每个人心中都有自己的答案。

【在路上】

平安豫界行 豫陕界

线路：豫陕线 ➡ 红二十五军纪念馆 ➡ 铁锁关

作为土生土长的河南姑娘，我是听着《梨园春》长大的，从小我只知道我们河南有豫剧，直到这次沿着边界的路线采访，我才知道，除了豫剧，我们河南很多地方还有具有当地特色的传统戏曲，这些曲子里唱出来的，是当地人祖祖辈辈对这片故土的热爱。

"卢氏县哪一个沟沟岔岔有庙会的，我们都清楚。这里的山山岭岭我算跑遍了，我们是对这个（锣鼓书）不死心。一出门经过这山、这村，岁数大的人最喜欢我们。"沿着卢氏县老许两口所说的沟沟岔岔，我们翻山越岭，开启了豫陕边界之行。

一根红线牵四代

汽车在山路上行驶，向着河南和陕西交界的16号界碑。

到达16号界碑，负责带队的当地民政局同志说，这个地方就是铁锁关，当年红二十五军离开卢氏之前的最后一站。

陈晶，卢氏电业局的一名电工，一位货郎的后代。而他的货郎爷爷陈廷贤，每一次被人提起，都与红二十五军联系在一起。

陈晶告诉我们：这个地方就是当年他的爷爷带领红二十五军，经过四天三夜攀山崖，越小径，涉溪水，来到的河南和陕西交界的铁锁关。在这里，他告别了红二十五军。

"我的爷爷是一名货郎，当年红二十五军在前有堵截、后有追兵的情况下，急需一名当地的向导带路前往陕西，我的爷爷知道红二十五军是咱老百姓的军队，当时就带着红二十五军抄小路来到了河南和陕西交界的铁锁关。"

陈廷贤

陈廷贤后人陈昕启

铁锁关的雕塑

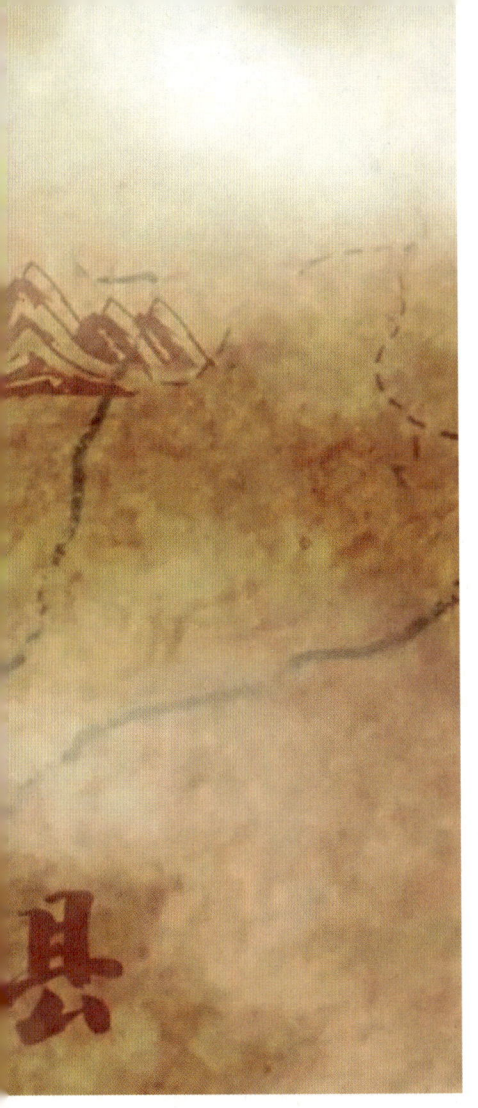

红二十五军资料

红二十五军成员雕塑

这个一夫当关、万夫莫开的险要地带，80多年后变成了宽阔的柏油路，成了连接河南和陕西两省之间便利通达的344国道中的一段。陈廷贤老人虽然去世多年，但他平凡而勇敢的事迹如今也同红二十五军一样，被当地人深深铭记。

陈晶拿出了爷爷的照片："这是爷爷生前的照片，我们给他做了一个半身的玻璃钢塑像，其实我和爷爷没有见过面，他1984年去世，我1986年出生，但他的事迹已经在我心中埋下了红色的种子，让我知道当年红军长征是为了给天下老百姓打江山。"

上一代人的经历和精神能够指引自己，这就是传承。

陈晶表示，虽然他现在的工作非常平凡，但是他会传承爷爷的精神，铭记爷爷的教诲，在平凡的岗位上干出不平凡的成绩，为社会贡献自己的一点力量。

陈晶的儿子今年五岁半，叫陈昕启，陈晶给他起这个名字的意义是新长征，再出发！

新长征，再出发！这种传承精神就像八百里伏牛山脉一样，绵延不断，生生不息。

走进兰东村·郭家豆腐

清晨，当第一缕阳光洒在熊耳山上，这个名叫兰东村的小村庄已经升起袅袅炊烟，新的一天开始了。兰东村的豆腐，在这个河南、陕西、湖北三省交界的地方远近闻名，而老郭家豆腐，更是十里八村出了名

豆腐碾

的，也是在外漂泊的游子念念不忘的一口家乡味儿，甚至连当年从此地经过的红军都吃过。

我们见到了郭家豆腐传承人郭爷爷。提到做豆腐，老人家如数家珍：豆腐可以当饭吃。我家做这个豆腐都做了几辈人了，我20多岁开始做，现在90多岁了，一做就是几十年。后辈还要接着做，一直做下去。

夕阳西下，郭家小院的灯亮起来了，吃罢晚饭略微休息一下，就要开始新的一天的忙碌了。

郭强和他父亲每天的工作从凌晨2点开始，点火，烧水，磨豆子，手摇过滤，煮豆浆……郭家豆腐如今的制作方式，除了第一步把石磨换成电动机粉碎豆子外，其余的工序还是保留了当年的手艺。

5时整，第一锅豆浆出锅。郭强妈妈负责调配料。守了一晚上，记者喝到了第一锅第一碗醇香的豆浆。

在兰东村,老乡们向来把热豆腐和豆浆作为早餐。起来要干活儿的乡亲们,能够赶上吃一口刚出锅的豆腐,仿佛一天的活力就有了。

老乡们陆陆续续来吃豆腐,郭家小院开始热闹起来。郭家人齐上阵忙碌,连94岁的郭爷爷都参与其中,帮着刷碗、倒垃圾。

早餐高峰过后,我们采访了郭强。

郭强说他回乡继承祖业,主要是因为对家乡对豆腐浓浓的眷恋之情。刚开始也有担心,但是做了一段时间后他发现,做任何事,不在大小,只要把一件小事做好、做精,同样也能够实现人生价值。"我想把我们官坡(兰东村)这种最传统最古老的手艺真正地传承下去。"

战争年代,省界小城因为地处偏僻,尤其是山区,地理位置复杂,通常战乱动荡,治安不稳。当年,红军为百姓打江山,如今,这座边界小城的居民早已过上安居乐业的生活,他们用自己的方式守护着边界线上的平安和谐。

老郭家的豆腐不仅仅养育着兰东村人,甚至连隔壁陕西的老乡也经常慕名前来品尝。传统美食也让边界三省的村庄情谊更加深厚。

"每次看到远的近的,包括邻省的,来咱们家捎这个豆腐、豆腐干呀,让他们的亲戚朋友品尝,给我们说'我们家孩子都特别喜欢吃'时,我的心里甭提多高兴啦。这句话胜过赚百万千万。"小产业做出大文章,郭强脸上溢满了笑容。

走进兰东村·十年变迁

"一沟十八岔,岔岔有人家,多则四五户,少则一两家。"这是当地人对10年前的卢氏山村的描述。作为河南豫西边界的小城,卢氏是河南省面积最大,平均海拔最高、人口密度最小的深山区县,而且这里也曾经是贫困户最多的山区,10年过去了,我们去看看现在这里人们的生活。

在兰东村支书的带领下,我们来到村民从前住的老房所在地,几位搬迁村民争相描述当年的老房情形。

"以前我家门口有一条河,如果河水涨了,孩子上学或者老人出去看病都过不去河。我们住的房子是土坯房,下雨的时候外面下大雨,屋里下小雨。"

"那个地方路比较差,路都是坑坑洼洼的。一下雨一踩一脚泥。"

在搬迁社区,村民们更是感恩党的好政策让他们过上了好日子。

"首先,我们的住房发生了很大的改变,我们分到了125平方米的新房,房子简装修,我们不需要花一分钱,直接入住。其次,政府解决了我们的吃水困难和就医、就学困难。再次,也是最重要的一方面,政府解决了我们家庭主要劳动力的就业困难。以前,我们面朝黄土背朝天,除了干农活就是干农活,住到这里后,通过再就业,不仅我的自身价值有了新的体现,而且一个月1500元的工资,也让我的生活发生了非常大的改变。我相信通过努力,我们的生活会越来越好。"

"生活肯定是有盼头了,好日子在后边呢……"村民们异口同声。

曲艺人的锣鼓书

是啊，在好政策的引领下，10年间山里人的日子有了巨大的变化。时间一直向前走，它改变了很多，它让兰东人的生活越来越好；时间又好像从未带走什么，这个豫西边界上的小山村，千百年来它的名字从未改变，无论是锣鼓书的乡音、红二十五军的长征精神，还是老郭家传统的手工豆腐制作技术，都在时间的长河中代代相传，并无声地扎根在每一位边界人的心中。

第三集
晋豫界

晋豫同心　握指成拳向大山宣战

【采风】

山水王屋山——愚公精神永相传

从党的"六大"到《论持久战》，再到习近平总书记的屡次提及，"愚公移山精神"是一面猎猎展艳、代代相传的红色精神旗帜。

万仞峭壁是最难走出的桎梏。

天堑鸿谷是最难跨越的界线。

"愚公精神"的再挖掘

沿晋豫边界一线的太行山脉和地壳运动形成的特殊地貌大峡谷，千百年来一直是地域生民与世界连接，乃至正常生活的极大障碍。

出行、婚嫁，乃至饮水、劳作等日常，都几乎不能保证。

千百年来，太行山麓的人们，几乎与世隔绝。

在崇山深谷之中，应运而生的"愚公移山精神"，生动体现了太行山子民不甘命运、战天斗地、前赴后继、自强不息的强大精神力量和优良传统。

撼动世界的"愚公移山精神"，发轫于现济源地区的太行余脉——王屋山区域，后沿山脉蜿蜒发扬，衍生出红旗渠精神等。这些精神脊梁，恰好与豫北晋豫省界，即太行山脉高度重合。

愚公移山雕塑

讲述有关豫北省界的种种，自觉较适宜以"愚公移山精神"为暗线主脉，以相关动人事例和群体成就为明珠，以人的故事为线索，把豫北省界线的相关地貌、风土、人情、精神、红色资源等元素，逻辑化安排，有机结合，流畅讲述。

济源的人工"天路"

20世纪80年代中期，改革开放正火热展开，社会面貌日新月异。可位于济源思礼镇王屋山高处、与山西紧邻的水洪池村，却丝毫感受不到春江水暖的温度。只因为，王屋和太行两座大山把水洪池村的人们与外面的世界隔绝开了。出入要攀援悬崖峭壁，吃水、劳作、收获都要看天。时任水洪池村支书的苗田才，眼见山外繁花似锦，不甘于止步温饱。他召集全村48名壮劳力，做工作，讲利弊，不等不靠，不急不馁，以祖先愚公为榜样，带领大家开山凿石，要修一条通往山外大世界的生路。

最粗笨的工具，最简陋的生活，最淳朴的愿望，最坚韧的热情。在村支书苗田才带领下，水洪池村的人们克服每前进一步都会出现的各种困难，硬是凭借人力，花了整整10年时间，开凿出一条长达13.5千米、感天动地的人工"天路"！

时任村支书苗田才总结得翔实生动、干脆利落："这是距离'愚公移山精神'发轫地最近的动人故事和感人事迹，深刻反映出豫北人民，尤其是太行山子民的强大精神力量，以及薪火相传、生生不息的人文精神。"

"铁姑娘"——巾帼不让须眉

济源愚公渠——引沁济蟒渠整体水利工程和王屋水库等市政水利工程，是二十世纪五六十年代济源地区为了整修水利、引水灌溉，组织民众开山平地、筑坝蓄水修建出的一系列重大工程。其中，愚公渠一线是比红旗渠出现时间更早的人工引水渠工程。逢山凿洞，遇谷架桥，工程难度相比红旗渠不遑多让。而以王屋水库为代表的一系列水库工程，更是横跨晋豫边界、高效利用山西上游水源的典型民生工程。在当年的环境条件下，在高山深谷中修建这样繁巨的一系列工程，政府与民众付出的决心、心血，堪比愚公。在施工中，涌现出大量先进人物和光荣事迹。其中，"铁姑娘"很有代表性。

当时树立的典型人物"铁姑娘"吴芬花，曾经为了加快施工进度，连续几个昼夜不眠不休，曾经一连挥动砸钎铁锤千余下，远远超出男性壮劳力的最大强度。

济源地区一系列的水利工程的缔造者、参与者和劳动者，是愚公精神在那个热血时代的光辉群像。

时代需要愚公精神，而愚公精神适用于每一个时代。在当下，我们的建设战线，已经从开山凿石延伸至经济建设、社会发展的各个方面。形势越是严峻，越是需要"愚公精神"。

回望那个时代的场景，回看那个时代的故事，能给当代的我们带来荡涤心灵的感动和激发！

【在路上】

平安豫界行 晋豫界

线路：太行山一线 ➜ 济源 ➜ 王屋山

晋、豫同源绘太行

带着黄土高原给的伴手礼，黄河从三门峡进入河南。在短暂分隔河南与山西之后，黄河把承担豫、晋两省分界线的任务，托付给北面擦肩而过的太行山脉，继续向中原腹地奔流而去。

在中国人古老的地理认知体系中，山南水北皆为"阳"。由此看来，地处中国两大标志性山川夹角处的这块土地，注定要诞生许多至刚至阳的传奇故事。

资料图片·黄河

对于地地道道的济源人来说,美好的一天,往往都是从一口喷香筋道的特色早餐开始。

不翻——济源人都爱吃的特色小吃,名字透着一股憨厚的执拗劲儿。这样的济源,让我们不由得想要一探究竟。在太行山脉南端的王屋山,我们找到了这股劲头儿的渊源。

"铁姑娘"的讲述

在二维和三维之间辗转腾挪的皮影戏,是表现传说故事的绝佳载体。作为土生土长的济源人,王小振对戏文里自己家乡的这位祖先——愚公推崇备至。

在愚公雕像前,王屋镇民政所陈所长自豪地说:"愚公移山的传说就发生在我们这里,这是我们济源人的骄傲啊。"

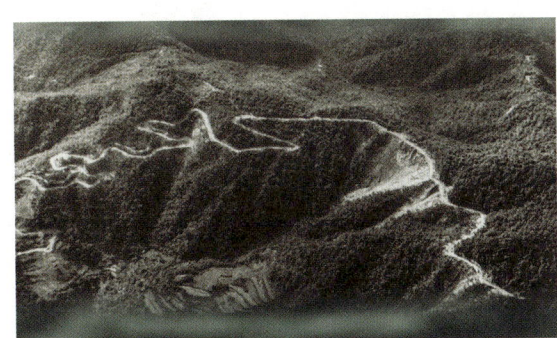
人工开凿的"太行天路"

王屋山景区

村民生活模拟场景

资料图·挑水抗旱

动人的传说，曾经在案牍典籍之中沉寂了2 000多年。直到半个世纪前，王屋山上一项重要的水利工程，唤醒了这里的人们身体里最倔强的那一部分基因。

"走，我先带你们认识一下当年的'铁姑娘'。"陈所长十分爽朗，在他的带领下，我们见到了"铁姑娘"赵小花。

见到赵小花，我们一时之间没能把她和当年的"铁姑娘"联系在一起。直到她从屋里拿出一个近似文物的相框，然后指着照片里一位俊俏的姑娘说："这是我去省里开会时照的。"

提起当年，赵小花对干涸的记忆便被唤醒了：那时候困难，没水吃。情愿多吃一个鸡蛋，不愿多喝一口水，一个早上，跑8里地担一担水，担回来全家人指望用一碗水洗脸呢。那时就没有浇地一说，都靠天，下雨了收一点，不下雨不收，吃水可难。

守着青山吃水难，是赵小花这代人最不愿回望的童年记忆。也正是因为这个原因，王屋山上从山西阳城县流淌而来的水，就成为济源人修建水库的原动力。只是在毫无工程技术条件的70年代，要在深山之中大兴水利，唯一能依靠的，就是人的力量。而眼前已经70岁的赵小花，正是当年修建水库的劳动标兵。

"我想再去一趟看看，想再去看看。"赵小花凝望远方。"您有多少年没去过了？""下来到现在就没有去过。1973年下山，再没上去过。"

对于超出自己年龄的时间长度，我们的理解往往都偏于抽象。可整

晋豫界·王屋山水库

整半个世纪的变化，却实实在在展现在了赵小花的眼前：曾经要沿着山沟走上大半天的路程，开车走公路只用了20分钟；曾经隔山跑断腿的距离，马上就能飞过去看看。还有个变化很明显，刚刚在家还因为关节炎行动不便的赵小花，在临近她和乡亲们修建的水库时却健步如飞，就像是阔别50年之后，她又回到了娘家。时过境迁，奋斗的记忆犹在眼前。50年前战天斗地的场景，成了赵小花骄傲的青春回放。

"这是以前打的眼儿，插钢钎，开始我们挖沙，往大坝上背沙，那时十六七有力气，只要能放上，我就能背上来。全工地3个公社比赛，看我打锤，我23分钟连续打1 600锤，那些男的差不多都没打过那么多，没打过那么长时间，手都打肿了，后来他们给我起名'铁姑娘'。""那时我们喊着口号，从不觉得累。我喊的口号是'水不下山我不结婚，我跟河水同下山'。这一转眼我可都70了……"

平安豫界行
行走 4993 公里的影像记忆

"铁姑娘"赵小花

讲述

这一天,在水库大坝上,曾经的"铁姑娘"赵小花提到最多的,并不是自己的热血青春,而是水库对岸的已消失的村庄。她指着对岸说:"那边就是山西了,不是河南的地方,搬迁回阳城了,我记得一家姓王的人可好了,也是搬走了。这一搬迁人都走得远了,不能见了。感谢人家,吃的水、浇地用的水,都是这儿的水。"

吃着山西的水,为了修水库还整个村子搬迁,这份交情,乡亲们念叨了50年。也正因为乡亲们当年积攒下的这份丰厚"积蓄",这50年来,王屋山下再没缺过水。斗转星移,情感上的地域分界线,也早已融化在隔水相依的甘甜岁月里。

人工"天路"

离开富有朝气的现代化城市,我们再上太行山,垂直高耸的山体和宽阔深邃的大峡谷地貌,让山中蜿蜒的道路有着超乎寻常的坡度和弯度。即便车辆有着优良的动力和刚性,驾车上山依然像是一次征途。

没想到，慰藉我们一身风尘的，却是在王屋山下偶遇的一种乡土味儿极浓的特色小吃。

它的名字叫王屋土馍。先敲鸡蛋，打开后放入面粉……在欢快的制作过程中，店家大姐骄傲地说：我们王屋人出去当兵或做生意都会带一些王屋土馍，专治水土不服。

是啊，沸腾的乡土，是太行山人对家乡最炽热的依恋。可对于终日与石头为伴的山里人来说，这份依恋，要付出更多的努力。

20世纪80年代中期，山外的世界早已是春风拂面，可险峻的太行山，把这个名叫水洪池的村庄隔绝在了春天的最边缘。因为地处太行山最深处，祖祖辈辈的水洪池村人无论进出，都要攀援险而又险的悬崖峭壁。

回想当年，水洪池村老支书苗田才面色凝重地说："不可想象，苦得不可想象，上山下山，人行道就这么宽，上学难，就医更难，许多病人往山下抬半路就死了……"

当春天的气息越发浓郁的时候，路与幸福的关系也空前清晰起来。90年代初期，这个位于太行山最深处、紧邻河南与山西省界的小村庄，经历了一次决定自己命运走向的历史抉择——修路。只是，困难是难以想象的。

"我们也不愿意走。我说要不修就不修，要修必须修一条通往山下的大路。我当了回国家干部，非得把这事干了。大家举手表决，同意的就办这事，不同意的就不要上山。自己的事情自己办，发扬自力更生精

平安豫界行
行走4993公里的影像记忆

王屋山·水洪池村

老支书苗田才

神。"

就这样,和2 000年前愚公在家庭会议上的决定一样,村支书苗田才和村里7名共产党员随即带领村民,凭借太行山人战天斗地的热血和50个人的力量,向大山宣战!

这一战,就是10年时间。

就在我们刚刚走过的现代化公路旁边的山崖上,至今还保留着一段苗田才和村民们40年前手工开凿的路面,供世人观瞻。10年时间,几乎一代人的艰辛和汗水,最终铺就了这条长达13.5千米、跨越太行山巅的人工"天路"。

"这条路必须得修,只有这样,这里的老百姓才能走出大山。"苗田才说。他告诉我们,这条路的修成靠的是愚公精神。当时他们也没想着一辈人就能修通,愚公精神就是子子孙孙传下去的,他们这辈修不通,就让下一代接着修。修这条路还死了两个人,这条路是王屋人拿生命换来的。王屋山上的人民,靠着愚公精神把故事变成了真事。

路已经修好,老支书苗田才带领村民谋幸福的事业,传给了儿子小苗。小苗循着父辈的足迹,带领村民走上了美好生活的康庄大道。

这条人工"天路",让曾经桎梏水洪池村的生存边界,消融在世界的繁华光影之中。而这时,回望我们来时的路,已经像是一条连接过去与现在的玉带,铺陈在青山翠岭之间。

在路开始的地方,这里的人们身背肩扛,留住了源头的馈赠,跨过了重叠的山梁。后来他们知道,他们扛在肩上前行的,叫梦想。他们筑就的，恰是造梦的养分和追梦的方向。当添加上新时期的助推器，他们那个共同的梦想，又有了生生不息的新的模样。

　　沿着太行山的走势，我们紧随与山梁高度重合的晋豫省界线，从豫西北一路向北。从太行山上注入的一种力量，激荡着我们的心胸，鞭促着我们的步伐，去奔赴下一场感动。我们知道，翻过前面的山，就是另一片平安祥和之地，那里也一定会有见证岁月静好的动人故事。

第四集
豫晋冀界

仰望红旗渠　太行深处一脚踏三省

太行挂壁公路回龙一景

【采风】

从回龙村到牛岭山——仰望红旗渠

离开愚公故乡济源,我们顺着与晋豫省界高度重合的太行山脉一路向北,先后来到依傍省界的辉县回龙村和三省交会处的林州任村镇牛岭山村。

和太行山脉散落的很多小村庄一样,回龙村人也世代被宽谷绝壁所困,在悬崖小路上下艰难地编织生活。好在,世纪之交当选村党支部书记的张荣锁不甘心让乡亲们继续穷下去,他带领大家改变了这一切。

路,是解决一切问题的基础。张荣锁带领共产党员,号召大家投入艰苦卓绝的开凿铺设山路的浩大工程。全村都是后援队，全员都是战斗员。张荣锁捐出了自己开办企业积累的百万身家，3名太行山人献出了宝贵的生命，终于开凿出贯通晋豫省界、蜿蜒太行山巅的一条致富路、团结路、和谐路。

而这条路中贯穿太行崖壁的那段挂壁公路，成为全国闻名的奇迹工程和旅游景点，成为太行山人强大精神力量的象征。

豫晋冀线的最后一站，是安阳林州。

独特的三省界碑，见证了周边三省山村互帮互助、相濡以沫的深情厚谊。

多年来，尽管远离城区、交通不便、水电不畅、致富困难等难题一直困扰河南一侧的任村镇牛岭山村，但20年前当选该村支书时，张学增就决心不让这些困难继续下去。

在红旗渠精神感召和激励下，张学增跟随社会发展形势，积极组织青壮村民进城或在旅游景区工作，又充分发掘山地荒坡的资源优势，组织高龄村民种植优良经济作物花椒。

经过多年努力，牛岭山村实现了年收获干花椒4万公斤、家庭年平均收入3万元。

在这个红旗渠流经河南的第一个村庄，幸福的花儿，正在满山遍野地开放！

【在路上】

平安豫界行 豫晋冀线

线路：辉县回龙村 ➔ 林州牛岭山村

晋冀鲁豫，这是由一个个独立省份简称组合而成的特定词汇，在中国人的内心中有着特殊的情感。

从豫、鲁交界处的黄河岸边，到豫、晋融合的太行山上；从面朝大海的方向，到向北瞭望的视野，温暖继续传递，故事继续讲述。

"我们离山西近，用山西的电用了30多年。20世纪90年代的时候，我们又用上河北的电了。"

"河南和山西那边的村子，大家都过上幸福的生活了。"

愚公移山的故事，激励了中国人2 000多年，也激励着共产党人开启了新中国的建设。愚公移山，改变着中国，也改变着太行山人民群众的生活。

行走河南，读懂中国。太行山上，豫晋同源。

远近闻名的穷地方

在亿万年前的地壳运动变化中，一道高高隆起、贯穿中国南北版图的连绵山脉，成为地理学家眼中中国整体地势二、三阶梯的分界线。而这条分界线的中段，正是北起拒马河谷，南至晋、豫边境黄河沿岸的太行山一脉。

地势的悬殊，让发自山西高原一带水源的水向东流淌而下，分多条河流冲出太行山脉，浸润着一马平川的华北平原。

可对于祖祖辈辈居住在深山之中的人们来说，要冲破大山的阻隔，却是要付出非同寻常的努力和决心。

每天清晨，新乡辉县回龙村的张芳，都要驾车穿过一段特殊的山路，去山下的村委会工作。作为2003年嫁到这里的媳妇儿，张芳说，如果时间再提早10年，她宁可远嫁太行山另一边的山西，也不会嫁到回龙村。"以前回龙穷啊，是南太行远近闻名的穷地方，当时的姑娘都不愿意往这儿嫁。"张芳说。

张芳走过的这条特殊的山路，正是闻名遐迩的回龙挂壁公路。在2002年修成这条路之前，回龙村的村民想要下山上山，只能冒着随时可能坠崖的危险，攀爬"天梯"小路。村里老人们说，早些年，人掉到沟里是常事儿，有时候村里一年得因此办好几回白事。

村民郭电付20年前在央视《感动中国》节目现场接受敬一丹采访时说的一个细节，听起来更是让人泪目。

"老郭，当时村民出山有多难？"

"有多难？1988年，要过年了，我没钱，到山下面亲戚家去，亲戚给了我7棵白菜，离家还有十几里，我又急，嘴又干，我走不动了，就躺到地上（哭），我就狠哭，我的爹娘啊，咋就把我生到山上来，走不出大山，叫恁儿受这样大的罪！"

林州"一脚踏三省"

云海

红旗渠隧道

老郭哀叹的，曾经是一辈又一辈回龙村人命运的缩影。太行山人从不缺热血，回龙人更不缺干劲儿，他们等的盼的，只是一个像愚公那样义无反顾的带头人。

回龙村的"当代愚公"

1993年，这位名叫张荣锁的共产党员成了回龙村的党支部书记。当时为了给山上的自然村通电，50根8米长、800斤重的水泥电线杆，张荣锁带领乡亲们硬是一根一根抬到了山梁上。

是什么促使张荣锁甘当"当代愚公"？答案在村民们的话中——

"山上人不出力不流汗，就没有好日子。平原人出一分力，崖上人就得出十分力。"

"我们村这个绝壁把村子一分为二，崖上海拔高，种地靠天，吃大米白面磨个玉米面都要到山下面。"

"我们这儿过去崖上娶媳妇儿，有一部分娶山西的，一部分是换亲。"

"穷得一件衣裳家里每个人换着穿，吃都没啥吃。"

张荣锁找到了问题的症结：最终还是路的问题。

山西那边有1 000多口人，回龙上面300多口人，都盼望有条路解决问题。

张荣锁下定决心：我当村支书了，一定要为老百姓办件实实在在的事——开山修路。

张荣锁

山里人不怕吃苦，但吃苦不应该是山里人的宿命。在此后的4年时间里，张荣锁带领回龙村的共产党员身先士卒，把勤劳坚韧拧结成一股改造环境、改变命运的力量，在坚硬如铁的太行山崖壁上，他们一尺一寸地坚定前行。

尽管时间已来到世纪之交，可当代愚公们面临的困难，依然超出了人们的想象。一根绳子往下滑，完成人工定位；一根塑料管装上水，就是水平仪。而生活上的苦，更是一点都没有少。

"当时修路时，住深山老林，有时连白菜萝卜都吃不上，有时一天一顿饭，白开水煮土豆红薯，大家没说啥，就为了把路修通。"提起当年战天斗地的艰苦场景，张荣锁感慨万分。

这无疑是一场与命运抗争的持久战。在这场战役里，整个回龙村人都成了后援队员，他们为修路前线输送物资，从未间断。这又是一场残

平安豫界行
行走 4993 公里的影像记忆

南太行·新乡辉县回龙村八里沟大桥

酷的战役，3个太行山人，把自己的生命化作了铺路的基石。

"从那以后，我们村的党员干部，用一种革命加拼命，拼命干革命的精神加油干，终于让村子发展到现在的模样。"

在修路过程中，回龙人付出的还有勤劳和智慧。太行山特殊的山体构造，催生出挂壁公路这种人类筑路史上的创举和奇迹工程。

"必须采用打隧道的办法，因为悬崖绝壁直棱直角的，200多米高，不打条隧道根本上不去。"张荣锁说。他们用了3年多的时间，终于把这条隧道打通了。

路修通的那一天，是整个回龙村最热闹的一天。路通以后，村民们通过搞农家乐、饭店、旅游，河南和山西两地的村民都过上了幸福的生活。

回龙村

回龙村

这条路解决了群众的生活困难,人们把它叫作致富路、团结路、和谐路。

太行山精神就是一种硬汉子精神,不屈不挠、不把事情干到底绝不回头的精神。只要有这种精神,我们一代一代人就能过上幸福美好的生活。

跨越漳河的两座桥

山区道路的开通,不仅让山里人与世界联通,更让山外的人有机会走进太行山最深处,感受另一种境界。

顺着青春激荡的省界线再向北出发，我们来到安阳林州。

林州位于河南省的西北角。在这里，河南省界线又从太行山脉折转向东，沿着分隔河南与河北的漳河一线延续，从而让林州西北角的任村镇牛岭山村，成为这片豫、晋、冀三省交会处的河南代表。

在特殊的三省界碑旁边，是跨越漳河的两座桥。

牛岭山村支书张学增向我们介绍了这两座桥：这两座老桥是1980年左右修的，桥这头儿通往山西长治，那头儿通往河南林州，那边那条路通往河北涉县。

在张学增眼里，这两座桥梁，见证了这处三省临界地的历史变迁。

豫冀晋交界河

"以前像结亲、结婚,这三个省都有,周边的几个村基本上都认识。人们出去打工,村上的婚丧嫁娶,都是走这座桥。以前爱说三不管的地方治安比较乱,秩序不好,我们这块儿正好相反,关系都处得很好,生气打架的都没有。"张学增说。

因为临近省界,离各自的上级县乡相对较远,周边几个行政村的互帮互助就成了传统。"我们离山西近,用山西电就用了30多年。"张学增说,"我们用他们的电,代价比较小一点,他们叫牛岭村,我们叫牛岭山村。20世纪90年代的时候,我们又用上河北的电了。2020年,我们才正式用上了河南的电。"

牛岭山村人也没有亏待自己的邻居们。

牛岭山村

平安豫界行
行走 4993 公里的影像记忆

攀岩小队员

吹唢呐手

牛岭山村村民

当地特产花椒

以前，三省交界处交通不便，用电不便，水资源紧张，山西那边的村子海拔比较高，吃的水就是山泉水，到枯水期水就断了，于是就到牛岭山村挑水吃。只是对于当年的牛岭山村来说，虽然解决了用水用电问题，可离幸福还有点远。

也是路的问题。"原来我们这儿都是土路，一下雨就出不去了。"张学增说。

20世纪60年代，一条名叫"红旗渠"的人工"天河"从山脚下穿过牛岭山村。红旗渠的建成，让从小在红旗渠边长大，又担任牛岭山村支书将近20年的张学增汲取了源源不断的力量。"红旗渠从我们这儿穿村而过，我们村是进入林州的第一个村，相信在各级政府领导下，村民的日子会越过越好。"

张学增最大的底气，来自牛岭山村7个自然村的700多户村民。他积极

蜿蜒的河道

组织协调青壮村民到林州市区和附近景区工作,然后动员留守的高龄村民开拓山坡荒地,种植经济作物。

牛岭山村退耕还林后种得最多的是大红袍花椒。太行山的土质适宜种这种花椒。"原来都是荒地啊,我们种上花椒树后,全村干花椒可达到4万公斤。再过三五年,我们村花椒产量还要翻一番。"

偶遇种花椒的老农,得知该村每家最少300多棵花椒,他们纷纷感慨村里10年来的变化。

"现在很好啊,上年纪的在家,青壮年出去打工,在林州市买有房,家家户户都有车。""7个自然村,村跟村连起来道路是13公里。""以前真不敢想象。"

红旗渠精神提振了牛岭山村的工作,提振了牛岭山人的干劲,有红旗渠精神激励,相信牛岭山人未来的生活会越过越好。

离开太行山脚下的三省界碑,一路向东,就进入肥沃辽阔的华北平原。从山西高原奔流而下的漳河，从豫中腹地向北折回的黄河，又先后成为河南与河北、山东的省界线。它们流经的中原地区，恰是中华文明的发源地。这片土地上奋发图强、乐享平安的动人故事，也注定会像流淌千年的河水一样，连绵不绝。

第五集
鲁豫界

台前经验两省共荣　平安和谐鲁豫一家亲

【采风】

台前将军渡——鲁豫一家亲

从兰考的东坝头到台前的将军渡，从焦裕禄精神的新时代传承到刘邓大军渡河壮举的历史追忆，变化的是地理地貌、人情风物，不变的是省界之间河南人民与山东人民的相亲相近。

山东、河南，台前、阳谷，前王楼、后王楼。有形的界碑割不断情感相连，深厚的情谊温暖着世世代代生活在黄河两岸的人民的心田。

行走河南，读懂中国。鲁豫一家亲，台前更向前。

黄河台前

台前概貌

台前县位于河南省最东北角，周边三面与山东省的6个县毗邻。黄河也在台前县最后一个闸口由河南省流入山东境内。这里特殊的地理位置及历史渊源，让这条省界显得亲密无间，隔河相望、一堤之隔的两省人民，在情感、生活、文化等方方面面既相互融合，又彼此尊敬。从两岸人民在悠久历史中共同对黄河的生态保护到遭遇洪灾时的相互奉献与成全，从一条堤坝两省一村的和睦相处到一家三口两省三地工作的生活趣事，再到两岸三代人为平安建设不断探索发现、努力建造的"三联台前模式"，台前这条边界上传承着一脉相承的深厚情感及互容互敬互爱的相处之道。

寿张县城南有一座凤凰台，传说为凤凰栖息所化。明代刘姓人家从山西迁来，在凤凰台前面建村，名台前刘庄，民国初改称台前。1978年12月29日，国务院批复设立台前县，县政府设在台前村，故名。

台前境原属山东省寿张县。据《读史方舆纪要》卷三十三载：寿张县，春秋时齐之良邑。战国时谓之寿邑。汉置寿良县，属东郡。后汉改曰寿张，属东平国。清雍正年间，分属兖州府寿张县、东平州东阿县和东昌府范县。1928年分属山东省寿张县、东阿县、范县。1939年建立寿张县抗日民主政府，属山东鲁西二专署。1964年寿张县撤销，今台前县境划入范县，属河南省安阳专区。1974年范县东部7个公社设范县台前办事处（县级机构）。1975年改称台前办事处。1978年始设台前县，属安阳地区。1983年改属濮阳市至今。台前县是全国电子商务进农村综合示范县。该县以羽绒加工生产为主业的雪鸟羽绒制品股份公司为河南省第一家在德国成功上市的大型企业。

台前县历史底蕴深厚,主要有蚩尤冢、徐堌堆和玉皇岭龙山文化遗址、晋王城遗址、沙湾京杭大运河积水闸、八里庙大河神祠、张公艺墓和百忍堂等历史文化遗址,还有刘邓大军强渡黄河纪念地、汪洋烈士故居、魏氏墓碑等省级文物保护单位。

将军渡鲁豫一家亲

傍晚下班后的岳耀喜来到台前县一个农贸市场买莲藕,然后开车回到1公里之外的山东境内的家里做晚餐,等着在山东阳谷县上班的爱人下班回家。两人的儿子从台前县工作单位下班也回到阳谷的家里。一家三口,父子俩在台前上班,妻子在山东阳谷上班,他们每天都要在边界上来来回回。几十年的时间,他们会在晚餐时讨论一堤之隔的两地菜价细微的浮动、疫情政策的微小调整等生活中遇到的琐事。两地跨省工作没有什么不便,但会在细微之处丰富生活感受。

将军渡口将军亭中,裴城寺大洪拳第十九代传人张传举拳法表演开场。大洪拳是最古老的拳术之一,在台前县拥有弟子1 000余人。由于台前县与东平、梁山、郓城隔河相望,所以水浒英雄的故事深入人心、家喻户晓,这一带习武之风盛行,有着浓厚的尚武氛围。走进这个城市,豪情扑面而来,到处激荡着昂扬向上的气息。

黄河、古运河在此交汇,齐鲁文化、中原文化在此碰撞交融,孕育

山东河南两省省界王楼村村民亲如一家

出海纳百川开放包容的台前文化。它是河南省的东北门户，西联中原经济区，东接环渤海经济圈；它是河南省距离天津港、青岛港、日照港最近的一个县，交通四通八达；它是充满激情活力的北国江南，八大主题公园特色鲜明，花园、绿地遍布城乡。

岳耀喜的儿子在山东上的高中、大学，但毕业后仍选择回台前工作。他说自己跟随了内心的选择。

黄河滩上的人讲：要走出去带回来。羽绒产业园负责人也讲黄河滩人的精神，他们当年走出去，看到了商机，带回了技术。如今台前已经成了中国羽绒之乡。

昔日，台前是齐鲁文化、中原文化交融的地方；而今，它更是红色文化与黄河文化深度融合的沃土。这里的人们守护着黄河，让"地上悬河"岁岁安澜，让两省之界变成了深情的血脉。

【在路上】

平安豫界行 鲁豫线

线路：台前县孙口镇 ➡ 马楼镇尚岭村

这里是位于河南省濮阳市台前县的孙口镇，黄河在这个渡口形成一个直角的弯道后奔向山东境内。因此，这里也是豫东北连接鲁西北、鲁西南的重要交通咽喉，历来为军事战略要地。

将军渡：难忘刘邓大军

1947年6月，刘伯承、邓小平率领中国人民解放军晋冀鲁豫野战军主力部队12万人，在以台前孙口为中心渡口的地段上，冒着敌人的枪林弹雨强渡黄河，一举突破了上有敌机轰炸、岸有重兵把守的黄河天险，继而发起鲁西南战役。千里跃进大别山，拉开了全国人民解放战争战略进攻的序幕，成为解放战争史上一个伟大转折点。历史流转，壮举宛在，当地的百姓一直把刘邓首长乘船渡河的渡口称作将军渡。

台前县教育局四级调研员岳耀喜说："台前为了大军渡河造船，贡献了很大的人力和物力。我们主动把大树砍伐献给造船厂，还有一部分群众甚至把自己家里的门板拆下来。据统计，沿黄渡口共造了120艘船，以及刘邓首长乘坐的平头一号大船。"

岳耀喜是刘邓大军渡黄河纪念馆的史学顾问，他对这段历史做了

鲁豫界·将军渡

长达十几年的深入研究，更对家乡台前的红色文化传播倾入近半生的心血。在他看来，这次渡河的胜利是因为人民解放军的英勇无畏，更是因为台前这片土地上勇敢善良的人民群众。

在刘邓大军渡黄河纪念馆，在这些烈士的名单前我理解了岳耀喜对自己这份工作的执着。他记录的是父辈们不惜一切助军渡河，用生命换来一方平安的故事，是家乡的父老乡亲和人民解放军共同创造的一个奇迹。

这座丰碑不仅是对这一伟大转折的纪念，更像是一棵破土而出，如同当地百姓耿直、坚韧的性格一样的生命之树。

刘邓大军渡黄河纪念馆雕塑

刘邓大军渡黄河资料

历史资料

电影《大转折——鏖战鲁西南》画面

鲁豫界·将军渡界桩

刘邓大军渡黄河纪念馆

荷田人家

清晨，70多岁的仝士华又来到马楼镇尚岭村的荷田，退休之后他常会到这里来转一转。让他惦念的是这里万亩荷田的醉人景象，还有这里的荷田人家。而在山东省济宁市梁山县的蔡楼村，在荷田里忙碌的却是咱们河南老乡，这是为什么呢？

正值莲子成熟，四处可见繁忙的采莲景象。这片地处河南、山东两省边界，在黄河的滩地上的荷田存在着一个身世之谜。

在当地村民徐长珍的介绍中我们逐渐厘清了这片荷田复杂的身世。由于多年前的一次黄河改道，黄河东岸的山东省蔡楼村与西岸的河南省尚岭村的部分滩地迁移到了对方的境内，此后，因土地耕种引发的各种矛盾使两岸的百姓一直无法得到安宁。

在台前县，蔡楼与尚岭两个村子的滩地纠纷不是个例。由于周边三面与山东省的6个县毗邻，地理位置特殊，环境复杂，经常发生跨市域、越省界的群体性事件和民事、经济、治安、刑事等案件，严重干扰了经济的发展，给台前的声誉也造成了负面影响。

1989年，时任县委常委、政法委书记仝士华带领县政法委一班人，在台前县委、县政府和上级党委政府的领导下，经过10余年的不懈努力，使台前的各类案、事件有了大幅度的下降，治安状况明显好转。

仝士华现在是台前县平安建设老干部促进会会长，这位老人对这片土地的付出让他深得村民们的敬重。他高兴地向我们介绍：这边700亩地是属于原来的山东蔡楼村的，离尚岭村近，那边的800亩地是尚岭村的，

仝士华

离蔡楼村近,一换,两边都方便了。麦子、绿豆、大豆、花生……黄河滩上适合种啥村民们就种啥。

尚岭村村民徐长珍对换地带来的便利感触颇深:"从前没有浮桥,收麦、收豆等农作物都得划着船过去收,换了地之后,我们在对岸就可收到自己的麦子、豆子了。"

在两省边界建立友好县、友好乡、友好村的举措,增强了两地干部和百姓的沟通,化解矛盾后又和平地进行黄河两岸滩地的交换,最大地维护了百姓的利益。在仝士华的带领下,台前县人民经过不懈的努力和探索,扭转了两省接合部治安混乱的局面,创造了闻名全省、推向全国的"台前模式",带来了边界之地30年的平安。

徐长珍的荷田不仅带来了良好的经济效益,而且还成了一处风景名胜。"有个来我这儿玩的人一看能欣赏荷花,再一看我这儿的地形,

河南省王楼村　金堤　山东省王楼村

两个同名的村子只隔一条金堤

荷花

莲子

台前县王楼村

说你这儿是风水宝地，我说咋是风水宝地，他说你看你这儿是月牙儿形的，你这个地方好，所以要尽心把这一块做好。"徐长珍看着荷田笑得合不拢嘴。

曾经的边界是非地变成如今的风水宝地，人民群众用平安幸福回报了老前辈们的努力。时代向前，美好向前，欢乐洋溢心间。

前王楼后王楼

台前县城关镇王楼村仍居住着4户山东省的村民。由于地域之隔，他们的水电设施都是王楼村提供。村民日常琐碎的事比较多，村支部王书记经常到一堤之隔的山东省的王楼村去帮助处理。共一个村名却是分属两省的两个村子，经常出一些趣事。两村人的血脉相连，家也难分。两个村的村支书也如同兄弟。两村每年都会举办的王楼村老人节，记录着

台前王楼村支书王瑞芳

两村人的同根同祖之情。

私下里，两村协商后在村名"王楼村"前分别加一个"前""后"字，以为区分，就这样，台前县的王楼村就成了"前王楼村"。

一条堤坝分两村，两村人民情谊难分。为致富，两村人共同修路。黄河泛滥，两地人一同抗灾，甚至牺牲自己，挖开大堤引水救助对方。感人的故事很多，当然其中也会有矛盾纠纷，村支书在"三联台前模式"政策的指导下，结合自身优势，创造出更接地气的管理方法。

第六集
兰考的生命誓言
和鲁豫之约

【采风】

兰考东坝头——从豆腐腰到后花园

兰考，位于河南省东部，因黄河之水而生，因黄河数改其道而苦，因焦裕禄精神而闻名。作为教育基地、干部学习基地，有着浓厚的红色氛围。

兰考地处黄河九曲十八弯最后一道弯，开封、菏泽、商丘三角地带的中心部位，是河南"一极两圈三层"半小时交通圈的重要组成部分。

习近平总书记对焦裕禄有着非常深的崇敬之情，2009年，习近平总书记把焦裕禄精神概括为五种精神。2014年，习近平总书记再次把焦裕禄精神总结为四个内涵，并号召广大党员干部深学、细照、笃行焦裕禄

兰考东坝头

书记"三股劲"。2014年3月17日下午，习近平总书记来到张庄视察指导工作。习近平总书记的到来，增强了张庄村民致富奔小康的信心和决心。

张庄人的梦

张庄村是九曲黄河在豫东平原最后一道弯上的传统村庄。这里曾是兰考县最大的风口，风沙肆虐，土地贫瘠。这里是焦裕禄书记当年找到防治风沙良策并首先取得成功的地方。习近平总书记提出了实现民族伟大复兴的中国梦，张庄群众确定了自己脱贫致富奔小康的梦想，在旅游资源匮乏的豫东平原地区发展乡村旅游，对群众来说，跟做梦一样。在不到两个月的时间，将六处闲置破旧不堪的房子，打造成这样一个环境优美、宜游宜居的风情小院，群众跟做梦一样，所以大家把这个小院称为"梦里张庄"。

黄河坝头颂党恩。翟茂盛与共和国同龄，他出生在张庄村紧邻黄河的坝头上。从新中国成立前的黄沙漫天，到焦书记带领大家治沙防沙，再到习近平总书记到此视察后10年间脱贫致富变成梦里张庄，翟茂盛在自家恬静的小院中为我们讲述了自己历经这三个阶段的感受。

如今张庄已经发展成红色旅游基地，村民们把本地特色转化成旅游项目，这不，做手工布鞋的王奶奶就成功申请了非物质文化遗产。发展旅游的同时，村民们还都保留、耕种着自己的农田。翟茂盛站在自己的玉米田中高兴地说，今年玉米长势喜人，又有好收成。

为迎接党的二十大，翟茂盛与张庄村艺术团组织了专题演出，还写了一篇《喜迎党的二十大》的戏词,艺术团的伙伴们一起练习。他打算到东坝头14垛处,即毛主席、习近平总书记视察黄河的地方表演。

守护绿色长城

1952年毛主席来到坝头乡黄河段视察。毛主席对黄河的关心,对下一代的关心永远激励着坝头乡人民。近几年来,坝头人民用自己的勤劳和智慧建起了坚固的大堤,还在大堤两旁种上树木,建起了守护家乡的绿色长城。

东坝头景区的管理员老张,工作饱含热情。他告诉我们,东坝头不仅是国家领导人视察黄河的纪念地,它更是九曲黄河的最后一道弯,水

东坝头村

东坝头景区

东坝头

毛主席题词

势湍急，但是此处旅游者很多，保护游客的安全是自己每天最重要的工作。老张拿着小喇叭在景区中不停巡视，累的时候会坐在毛主席视察黄河纪念亭的台阶上休息。眼前是壮美的黄河景象，背后是毛主席纪念碑上的题词："要把黄河的事情做好。"在国家保生态治理、保护黄河的要求下，他在最基层发挥着作用。像他这样的人还有很多。

翟茂盛要在坝头表演戏曲，老张一直忙前忙后，以保证张庄村艺术团演出安全。

鲁豫联姻，共同致富

鲁、豫两省邻乡互帮互助，带动经济发展。东明娘家人祖传的做粉

张庄黄河

皮的手艺被老六媳妇带回了兰考。两人靠着这门手艺发家致富，还申请了"老六粉皮"的专利和商标，做成了事业，做出了口碑。

鸡场经营者老王是兰考县人，爱人是东明县人，这个养鸡场老王和媳妇做了20多年，场地不断扩大，产量也一直翻升。

一条赵王河隔开了河南、山东两省，两岸村民们修路、修桥、修堤，互通往来，也充分利用这条河流，促进两地种植、养殖业的发展。

平安协议

河南省兰考县与山东的东明县、曹县相邻。两省三地民政部门每年都会签署平安协议。

签署过程也是走访的过程，两地各县各村的负责人通过这个过程，联络感情，共同解决问题，然后签署协议，盖章生效。

平安协议是两地平安的见证。

【在路上】

平安豫界行 鲁豫线

线路：兰考张庄 ➔ 东坝头村 ➔ 赵王河

梦里张庄

今天我们来到了鲁豫线上位于兰考县西北方的张庄村，它是九曲黄河在豫东平原最后一道弯上的一个传统村庄。循着回荡在村中的戏曲声，我们去找一位村子里的文艺骨干。

翟茂盛，是与共和国同龄的一位老人，虽已年过古稀，但是仍精力充沛地从事着他热爱的戏曲事业，6年前，他组织了村子里的戏曲发烧友正式成立"梦里张庄艺术团"，免费为村民们演出。艺术团成员的平

梦里张庄艺术团团长翟茂盛

平安豫界行
行走4993公里的影像记忆

兰考·张庄

焦裕禄雕塑

均年龄已近70岁，但老人们演出时精神矍铄。艺术团的表演内容毫不含糊，除了喜闻乐见的传统戏曲，他们还自创了很多新唱段，翟茂盛说，他们的动力源于家乡如梦一般的蜕变。

翟茂盛最难忘儿时的生活场景：黄沙肆虐、土地贫瘠的张庄村，紧邻黄河弯道，是兰考县最大的一个风口。风沙和内涝是这片土地多年来无法摆脱的两大灾害。"以前一刮风，那个台子上的沙土就堆得老高，骑马也过不去，只得下马，牵着过。"翟茂盛说。

谁能想到就是在这方"文官下轿，武官下马"的下马台上，焦裕禄书记却找到防沙治沙的好办法——翻淤压沙、刺槐固沙。张庄村奇迹般的治沙成果伴随着村民们前所未有的治沙信心，迅速点燃了整个兰考县人抗击自然灾害的热情，最终成就了兰考治沙的辉煌。

今天，这个奇迹开始的地方，张庄村的乡亲们把它叫作焦林，纪念那段敢叫日月换新天的激情岁月，以及他们心中那座永恒的丰碑。

战胜了自然灾害后，张庄村紧跟兰考的步伐开启了脱贫致富奔小康的新征程。从贫困凋敝到蒸蒸日上，从"风沙窝"变成"金银铺"，从国家级贫困村变成全国文明村镇。2017年3月，兰考在全国第一批率先脱贫摘帽，焦裕禄当年"治穷"的夙愿成为现实。

在兰考巨变中的张庄村又搭上乡村振兴的快车，10年间如梦般蜕变，现在的它被誉为"兰考明珠"，但是村民们则更喜欢把自己的新家园叫作"梦里张庄"。

"数字"兰考

绿意盎然东坝头

　　沿着黄河大堤一路向西走,来到紧邻张庄的东坝头村。黄河九曲十八弯,最后一个蜿蜒迂回却深沉有力的弯道,留给了这里。由于地势险峻水势凶猛,这里又被称为豆腐腰,历史上黄河多次溃堤都与这道弯有着密切的关系,东坝头的村民更是饱受洪水的侵害。毛泽东主席曾两次到这里进行视察,并向全国发出了"要把黄河的事情办好"的伟大号召。

　　半个世纪过去了,在先辈们的努力下,黄河,真正成了造福兰考的一条金河。曾经的"豆腐腰",成了绿色的防护墙。往日的不毛之地东坝头也变身为兰考人民的后花园。

　　拍摄的途中我们巧遇了一对新人的婚礼,新郎新娘都是东坝头的村

黄河湾项目

民，家门口就是金堤旁的生态草场。新人们梦寐以求的草坪婚礼，对于这对小夫妻而言，走出家门就能够轻松实现。新郎姐姐付珍说："现在的环境都改变了，我们也想依托这个大环境，办一场新式婚礼，我觉得这里环境比城市好，跟天然氧吧差不多。"

绿洲之中的东坝头如今承载着兰考县黄河湾风景区的发展，奔腾的黄河、林茂粮丰的地理环境以及这片土地上沧桑厚重的历史文化，都为当地发展旅游、带动致富提供了得天独厚的条件。

我们很幸运，见证了这对新人的婚礼，同时也很感动，因为它也是一个家庭向自己家宅的告别仪式。芳草萋萋中没有悲伤，只有对美好未来的无限向往。

东坝头的村民们已经陆续向新房中迁移。黄河湾景区的建造也在不停地完善。实现乡村振兴的梦想,做好黄河的生态保护,村民们和建设者都在不断地倾注自己的力量。

"付大姐家也是我们黄河乐集项目中正在改造的项目,后期运营的时候会对一些老的住宅进行修缮,然后按商业模式将其运作起来,付大姐包括那些村民我们也可以就地培养成产业工人,服务整个文旅项目。"黄河湾景区管理人卜亮说。

用全域旅游的理念建设乡村。东坝头与紧邻的张庄村一样,正在实现向美丽经济的转变,千顷澄碧,蓄势腾飞,被如今的幸福河滋养的这片土地必将再次擦亮兰考的名片。

兰考张庄

悠悠赵王河

在兰考县的东部有着悠久历史的赵王河,是河南与山东在兰考段的分界线。上百年来它也承担着河两岸村庄的排涝和灌溉。

与山东东明、曹县两县交界的村庄是河南孟寨乡的何二庄村,这里是兰考县的重点创业园区,也是河南省重点板材加工基地。而这项产业在何二庄的蓬勃发展源于山东的这两个好邻居。

近10年间,何二庄村已经陆续创建了48家板材加工厂,年产值达到了3.5亿元,解决了1 500多名村民的劳动就业。板材加工已成何二庄村百姓们的幸福密码。

但是,我们要找的是一位另辟蹊径的致富能手——樊铁芳。

他排行老六,村里人叫他樊老六。他的拿手绝活是古法制作零添加剂的纯天然绿豆粉皮。在何二庄村乃至附近几十里,"老六粉皮"是有口皆碑的健康美食。

靠着这门绿豆粉皮的制作手艺,樊老六家实现了脱贫致富。和村子里的板材加工产业一样,老六粉皮的技术源头也来自好邻居东明县。

樊老六的妻子是东明县人,他的老岳父王天振正是当地有名的"粉皮大王"。

娶回了媳妇,也引来了致富技术。樊老六没有辜负老岳父的期望,把这门手艺变成了一家人的事业。

一个村民敢于提出让自己的事业走遍全国的梦想,这份自信源于乡村振兴带来的巨变。在这片两省三县交界的土地上,鲁、豫两地相互借力，协同发展，不断地描绘着边界上平安幸福的新画卷。

徜徉在即将丰收的兰考，我们看到了茂密的泡桐，我们听到了悠扬淳朴的琴声，我们看到了连天成方的玉米，我们也看到了乡村振兴的希望。

第七集
皖豫界

"小人物"连接"大世界"
皖豫同脉边界变前沿

【采风】

皖豫同脉——边界变前沿

行走皖豫线信阳段，最大的感受是两个字——"融合"。两地可谓不分你我，相似的口音，相似的风土民情，相似的文化气息。在大河两岸，靠水吃水的两省边民早已融为一体，不分你我。

通江达海的内陆大通道

在信阳淮滨县距离安徽阜阳不到两公里的地方，有一个远近闻名的大港口"淮滨饮马港"，它坐拥淮河主航道，是河南省最大的港口，航运直达皖、苏、浙、沪等省市，内陆的货物可通过此港出口，可谓通江

淮河岸边

达海。淮滨饮马港现有船台240个,具有年产1 000—5 000吨钢质货船600艘的生产能力,年产值10多亿元。由于地缘近,在这个港口,每天都会有安徽的运输商人运货,络绎不绝。据他们说,3年前港口还没建成时,运输需要通过火车和汽车,汽车由于限高、限重等原因,过界时多多少少会有些小摩擦,而且成本较高,这个港口的建成,极大地节省了运输的时间和成本。

港口的建成让淮滨这个皖豫边界县和邻省有了更多的交流,不仅带动了当地经济的提升,而且还把本来隔开两省的淮河变成了连接两省边界运输的大通道,汇聚的是方便、实惠以及更多的交流。我们计划跟着一个阜阳运货商人,以他的视角看看从前难以运输的货物是如何从这里通江达海的。

河南安徽的"土味"友谊

河南省固始县陈林子镇孙滩村和安徽省金寨梅山镇徐冲村相隔180米,中间有条小河沟。在固始孙滩村,有一个"三土艺术团",多年来,艺术团成员用土语说村史,用土调歌唱幸福生活,用土味歌唱初心。艺术团定期进行演出,安徽的边民总会按时兴致勃勃地走过那条小河沟,来到孙滩村文化广场,观看演出,亲密交流。

在三土艺术团中,有3/10的安徽队员,因此他们的节目融合了安徽的黄梅戏、六安小调和河南的固始小调,别有一番韵味。我们和艺术团团长交流后,准备以艺术团的一个安徽队员和河南队员共同创作的歌曲或

舞蹈为切入口，跟拍创作的过程，最后以一台晚会收官。

三河尖渡口

在信阳固始三河尖镇，距离安徽河南界碑不到1 000米的地方，有一个渡口叫作"马湾渡口"，河面最宽处也就30米，隔河可见安徽整齐的白墙黑瓦村居，以及渡口上来来往往的人员和车辆。在三河尖村，我们得知有很多安徽、河南融合的家庭，探寻两边平安的秘密，不如从一个浪漫的爱情故事开始。

安徽是婉约的代表，河南是朴实的代表，我们设计这样一个渡口爱情故事：一个朴实的河南小伙爱上了一个婉约的安徽姑娘，通过讲述他们在渡口隔河相识，通过摆渡船产生交流，再到拿着固始特产到安徽做客等镜头，讲述两边联姻的故事。没想到这种故事在此地比比皆是。其实通婚就是两省边民和谐相处的密码，你中有我，我中有你，既然都成了一家人，怎么可能不平安和谐呢。

【在路上】

平安豫界行　皖豫界

路线：信阳淮滨➡固始县陈林子镇孙摊村➡三河尖渡口

没来之前还真不知道，淮河是这个样子的：它不像长江那样壮丽，不像黄河那样奔腾，但它用独特的气质，滋润着皖豫万亩耕地，养育着两省万千儿女，它宛如一条玉带，隔开两岸却也连接着两岸。

边界变前沿

这顿简单的晚餐，无疑是对老喻忙碌一天的奖励，在省界线上奔忙的船老大们，最幸福的事情就是有个安稳富足的港口可以停靠。老喻是安徽阜阳人，淮河上跑货的船家。

老喻说淮河上的生意还好做，他的货船可载重1 800吨，一年能赚五六十万元。据了解，像老喻一样在淮河上跑货船的船家还有不少。

一位以前在杭州跑过陆运的船家告诉我们，在杭州时，他们经常和富阳的一个公司打交道，走陆运一个大柜用一辆汽车，损耗比较大，从周口出发，到连云港起码6 000元。而走水路，2 000元就可以到达目的地，减少了2/3的费用。

"如果能让沿海的，尤其我们长三角的更多的企业入驻周口，我们这个行业肯定货量猛增，越做越大，越做越大以后，我的成本还会再下

平安豫界行
行走4993公里的影像记忆

周口港

降。"港口货运经理老陈说。

成本的下降让港口的货运经理老陈也获利颇多,这几年船越来越多,贸易越来越频繁。看着越来越红火的生意,老陈有了深深的归属感:"周口港给我们提供了工作的机会,周口港给了我们发财的路子,在周口港,个人的特长得到了体现,家庭得到了幸福的保障,现在有种新的说法:河南人到了北京、安徽人到了上海被称为'新北京人''新上海人'。我们到周口发展,我们也成了'新周口人、新河南人'。"

经济的互通让大家把这里当成了家,曾经的荒凉边界,融入国家区域发展战略后变得一派繁荣。如今的周口港,已成为淮河流域贸易的一颗明珠,成了通江达海的前沿。瞧,老陈又引来了新项目,老喻的船,又向淮河下游开去了。

皖豫轮渡

别样村晚

"'村晚'开始了,大家快来看啊!"在固始县陈林子镇孙滩村,每周六天一擦黑,两省村民最热闹的聚会便开始了,这聚会在当地人口中,便是"别样村晚"。

村晚的演员是该村三土艺术团的团员,他们的本业是种地,用年轻人的话来说,他们都属于"斜杠青年"。村晚就是他们的杰作。

孙滩村支书告诉我们,河南省固始县陈林子镇孙滩村与安徽省金寨县梅山镇徐冲村仅一河之隔,过去孙滩村因交通不便,非常贫穷,通过8年的脱贫攻坚,现在村民们的生活已经达到了小康,经济虽然富裕了,但是精神生活还需要进一步地提高,所以就成立了三土艺术团。

三土,即土语、土调、土味,他们要以土语讲述村史,以土调歌唱幸福生活,以土味歌咏初心。

固始县孙滩村

搭上脱贫攻坚和乡村振兴的快车，村民们不但腰包鼓起来了，精神追求格局也更高了。这从艺术团演员们的话语中可见一斑。

"以前没参加三土艺术团的时候，我天天游手好闲。参加了艺术团，第一次演出是重阳节，我感觉很有意义，因为地地道道的农民竟然有一点点小文化了。排练什么的对身体也好，所以就不再打麻将了。"

吴孔秀是对岸的安徽人，5年前加入艺术团，每天除了种地就是来河

三土艺术团

三土艺术团团长彭元华

南练习,根本闲不住。当问起她加入艺术团的经历时,吴孔秀说:"我也是在家里面没有什么事,然后通过小姐妹介绍,就到这儿来看一看,一看就喜欢上了这艺术。"

吴孔秀和河南姐妹好得就像一家人。不仅如此,她的演出还成了联结两地村民情谊的纽带。不夸张地说,这些大姐走出庄稼地,那也算横跨省界的角儿呀。

安徽金寨县艺术团工作人员深有感触地说:"送戏下乡或者节假日有什么大的活动,他们也邀请我们过来,唱唱我们的山歌或者戏曲、黄梅戏、庐剧等,当然他们也唱一些豫剧,通过文化活动,两地群众相处得十分融洽,亲如一家人。"

10年前,脱贫攻坚的政策改变了乡村的命运;10年后,他们带着这份精神财富,推动着皖豫边界的乡村振兴和平安建设。都说歌舞是灵魂的共鸣,这土乡土味的一次次表演就像种子,深深埋在两省边界村民的心田,每时每刻都在生根发芽,无论他们走多远,无论他们做什么,两

三土艺术团的团员们

三土艺术团演出现场

省人民的友谊都将在这片土地上结果,这就是他们平安和谐的密码。

渡口爱情

一路顺河而下,我们来到了河南省海拔最低处。在这儿,渡口的碧水把天空调染成靛蓝,波光就像是一匹匹锦缎,河面上点缀着零星的船帆,牛儿在草地上怡然地吃草……这里是丹青未干的皖豫界,此情此景仿佛为他们的爱情故事做好了浪漫的铺垫。

"我叫王礼勇,媳妇也姓王,叫王燕华。我是安徽的,媳妇是本地的,三河尖的。我们结婚20多年了,搬到三河尖镇有十几年了。"

王燕华每次去安徽走亲戚,都会带上固始大鹅,因为在当地,这是

三河尖镇

走亲访友最好的礼品。到渡口骑电动车只需几分钟,这种幸福的感觉王礼勇和王燕华体会了20多年。

"当初是怎么认识的?"

"他姐姐介绍的,他3个姐姐有2个都嫁到了这边。"王燕华说。

"介绍完相处得不错我就从安徽过来了。"王礼勇说。

"我那时就是在渡口等着他,一块儿赶集,给他买点菜带回去,在街上随便转转,去衣服店里看看,再送到船上。他确确实实继承了安徽人的特点,比较能吃苦,像这种高温天气需要干活,他从没有说不去,或者因为钱少不去,天天就想着不能浪费这一天,他总说这一天过去就再也没有了。赚钱养家实在得很,责任心比较强。"回想往事,王燕华

渡口讲述爱情故事

羞涩的脸上笑意满满。

面对妻子的夸奖，王礼勇憨厚地说："她在家这么辛苦照顾小孩子，俺出去挣点钱是应该的。"

……

渡口的风润润的，听着夫妻俩朴实的"情话"，我们感觉空气里都是甜丝丝的味道。

像王礼勇、王燕华这样的夫妻，在三河尖镇不在少数，一个渡口连着皖、豫，两省血脉里暗藏着喜欢，他用勤劳质朴陪她熬过严寒，她用勤俭持家同他温柔相伴，他们用含蓄诠释浪漫，用此生相守欢颜，边界在他们心中也早已心照不宣。

在三河尖镇望岗村，皖、豫联姻的比例达到了1/5，200多户，1 000多口人，血脉的融合让他们成为一家人。都说家和万事兴，多年来无数的皖、豫联姻家庭，让这里的村民万事兴旺，生活平安幸福！

一路上，我们见证了国家战略下皖豫经济的比翼齐飞，感受了脱贫攻坚后皖、豫文化的相互交融，更体会到了皖、豫两省人民血浓于水的亲情相继。感谢这个时代，从贫穷到富裕，从不敢想到敢做梦，淮河两岸的兄弟姐妹，必会怀揣平安和谐的初心，在感恩中一路前行。

第八集
豫鄂界

⊙ 红色文化绿色发展　一湾淮水润豫鄂

长竹园乡

【采风】

茶油飘香——红绿商城

豫鄂线的红绿文化

初到商城豫、鄂交界之处,感觉是满眼的绿。大别山绵延数百里,巍峨挺立在豫、鄂两省之间,山上植被丰富,水潭河流交错,青山绿水,是天朗气清的天然氧吧。这就是商城人说的绿色文化,这里的绿色不只是青山绿水的直观感受,更多的是指健康的绿色生态系统给三省边民带来的幸福生活。靠山吃山,靠水吃水,热爱、保护共同的绿色生态环境是三省人民共同的目标。

红色文化已经深深地植根于当地百姓心中。1929年5月6日,在中国共产党的领导下,商城大地爆发了震惊全国的"商城起义"。起义创建了河南省第一支红军队伍,建立了河南省第一个县级苏维埃政权——商城县苏维埃,建立了河南省第一块革命根据地——豫东南革命根据地,在我国革命史上留下了浓墨重彩的一笔,这是当地人说的红色文化。

在这片豫、鄂、皖交会的地方,红绿文化是重要的维系几省平安的精神力量。

绿色茶山有好邻

在采风过程中了解到这样一个情况,在豫、鄂、皖交界处有一个苏仙石乡,有大片的茶林。很多湖北、安徽的女工会来这里从事采茶工作。因为距离很近,而家里男人多出去打工,一家老小都要由女人照料,但是勤劳的鄂、皖女人也想通过自己的双手为家里挣一份钱,于是河南茶林就成了她们工作的选择。白天坐大巴来河南工作,晚上再回湖北或安徽的家里,这已经成为她们的生活常态。在茶林工作,既能顾家又能养家,极大地促进了当地的平安稳定,加强了邻省的友好相处,促进了乡村振兴,提升了当地村民的生活幸福感。

湖北人和安徽人来河南茶林工作,不仅解决了就业问题,而且也是省界平安稳定的体现。绿色茶山的故事,也对应"红绿文化"中的"绿"。几省边民同靠着一座大山,大山也共同哺育回馈着他们,正是因为共同的信念,他们才会互帮互助,相依相伴,这或许就是这里边界平安的秘密。

红色歌曲传四方

在河南省东南隅,大别山北麓,有中国革命重要的策源地,人民军队的重要诞生地。在豫、鄂相交之地，每逢欢乐的假日，或是传统的年节，无论是城里还是乡下，总要有各式各样的文娱活动。但每次演出，几乎都少不了这一个节目——《八月桂花遍地开》，这是两地边民最喜爱的歌曲。这首歌的诞生，有着一个有趣的故事。1929年，商城起义取得成功。12月25日，红军打开了县城，赤城县苏维埃要召开第一次代表大会，于是请当地文化修养好的同志写好词，然后找来了王霁初，请他谱曲。王霁初立刻想到了民歌《八段锦》，他把写好的词套进《八段锦》的旋律，歌名就取第一句歌词"八月桂花遍地开"。鄂豫皖地区第一支革命民歌就这样诞生了。由于曲调优美、歌词生动，这首歌很快就在豫东南革命根据地传开。后来，这首歌伴随着红军的足迹传遍了大江南北，成为传唱不朽的红色经典。

而今，这首歌曲在两省边民心中早已扎下了根，不仅是歌曲，豫鄂皖革命根据地的红色革命精神，也早已深入人心。这，就是两地和谐的密码。

【在路上】

平安豫界行　豫鄂界

路线：豫鄂线➡商城➡罗山

从省会郑州向南450公里，便是商城县豫鄂边界。

绿色好路子

每年10月，位于大别山北麓的商城县长竹园乡就迎来了最热闹的时节，因为这里满山遍野的茶果成熟了。

长竹园乡有油茶1.2万公顷，几乎家家户户都种，到了农忙时节，如果河南这边劳动力不足，就会从邻近的湖北请一部分人。需要多少人，湖北那边就会来多少人。

这片油茶山，一半属于河南商城，另一半则属于湖北麻城，靠山吃山的两省山民的日子也因茶油产业紧紧连在了一起。据一位从湖北过来帮着采油茶的妇女讲，她每年都会到河南来采摘，一般一个月能收入3 000—5 000元。

采油茶很累，但累并幸福着。在这欢声笑语中，一个个饱满的油茶果被摘下，加工成茶油走上千家万户的餐桌。大别山的豫、鄂村民，靠着同一片绿水青山，用勤劳的双手，把它们转化成幸福美满的"金水银山"，他们也必将在互帮互助下把这条"绿色好路子"越走越宽，他们

平安豫界行
行走 4993 公里的影像记忆

风力发电机组

油茶满山遍野

采茶女

的日子也必将越过越红火。

绿色好风景

在豫、鄂省界，绿水青山的馈赠可不只是产业方面。吴云泽在商城县黄柏山管理处工作已经超过20个年头，每每看到越来越多的邻省的游客来到这里，他都格外开心。

像吴云泽一样选择到河南工作的湖北人有很多，地缘近，是他们选择这里的主要原因，再就是宽松的干事创业环境。"俺们正在搞生态旅游，俺们先搞旅游开发。现在狮子峰也搞旅游开发，等于现在俺们是两个景区，一个是河南的景区，一个是湖北的景区，湖北狮子峰景区。"吴云泽说。

在生态资源利用上，豫、鄂两省共同摸索，共同进步，把绿水青山变成了金水银山。

其实在黄柏山地区，豫、鄂两省的交流早在400多年前就已经开始，屹立在巍峨山间的法眼寺就是这段故事的见证。

吴云泽专门提到了法眼寺的无念禅师："无念禅师的老家是湖北麻城，他也是近代的百名高僧之一，走了很多地方后，看到咱们这地方不错，就在这里落了家。"

明万历年间，无念禅师在河南商城黄柏山间修建法眼寺，从此在这里晨钟暮鼓，参禅悟道。而法眼寺的建成也深深地影响着当地的百姓。

"这里是山区，文化比较落后，有文化的人更少，无念禅师来了

商城法眼寺

以后通过修身、教育人们向善,使人们告别了粗鲁、野蛮,心都静下来了。"吴云泽说。

遥想当年,法眼寺红烛高照,香火缭绕,名人学士,不绝于途;文人与僧侣拱手相让,士子为村民传道解惑。400多年过去,曾经的楚、豫禅宗已经湮灭,但豫、鄂友好交流的故事一直在延续。无念法师曾经走过的路,如今正成为更多湖北游客的"诗和远方"。

绿色好飞地

在湖北十堰市郧阳区白浪镇大山深处,有一个面积约1平方公里的小村庄——石槽沟村,别看这个村子小,却是极为特殊的存在。

说起飞地,也许大多数人都比较陌生,这是一种特殊的人文地理现象,指隶属于某一行政区管辖但不与本区毗邻的土地。石槽沟村就是这种情况。漫步村庄，我们不禁好奇，究竟是什么原因，形成了这个地处湖北的河南村落。

据当地人讲，这个村的形成时间大概是明朝末年。从老一辈流传下来的说法有两个版本，一个版本是：好像是哪个姑娘嫁到王家（有说是贾家）陪嫁的土地。另一个版本是：这里有个红门寺，里面的和尚为非作歹。因为当时荆紫关离此地比较近，剿匪方面的事儿就交给荆紫关来处理。剿匪之后，这块地就送给河南了。

传奇的故事造就了传奇的飞地村落，更形成了豫、鄂两省村民在这里唇齿相依的感情。

倪族霞是湖北嫁过来的姑娘，在石槽沟村，像她这样的湖北媳妇占到了80%。这儿的人都打趣说：我们走的是湖北路，娶的是湖北老婆，吃的是湖北水，用的是湖北

飞地石槽沟村

湖北媳妇倪族霞

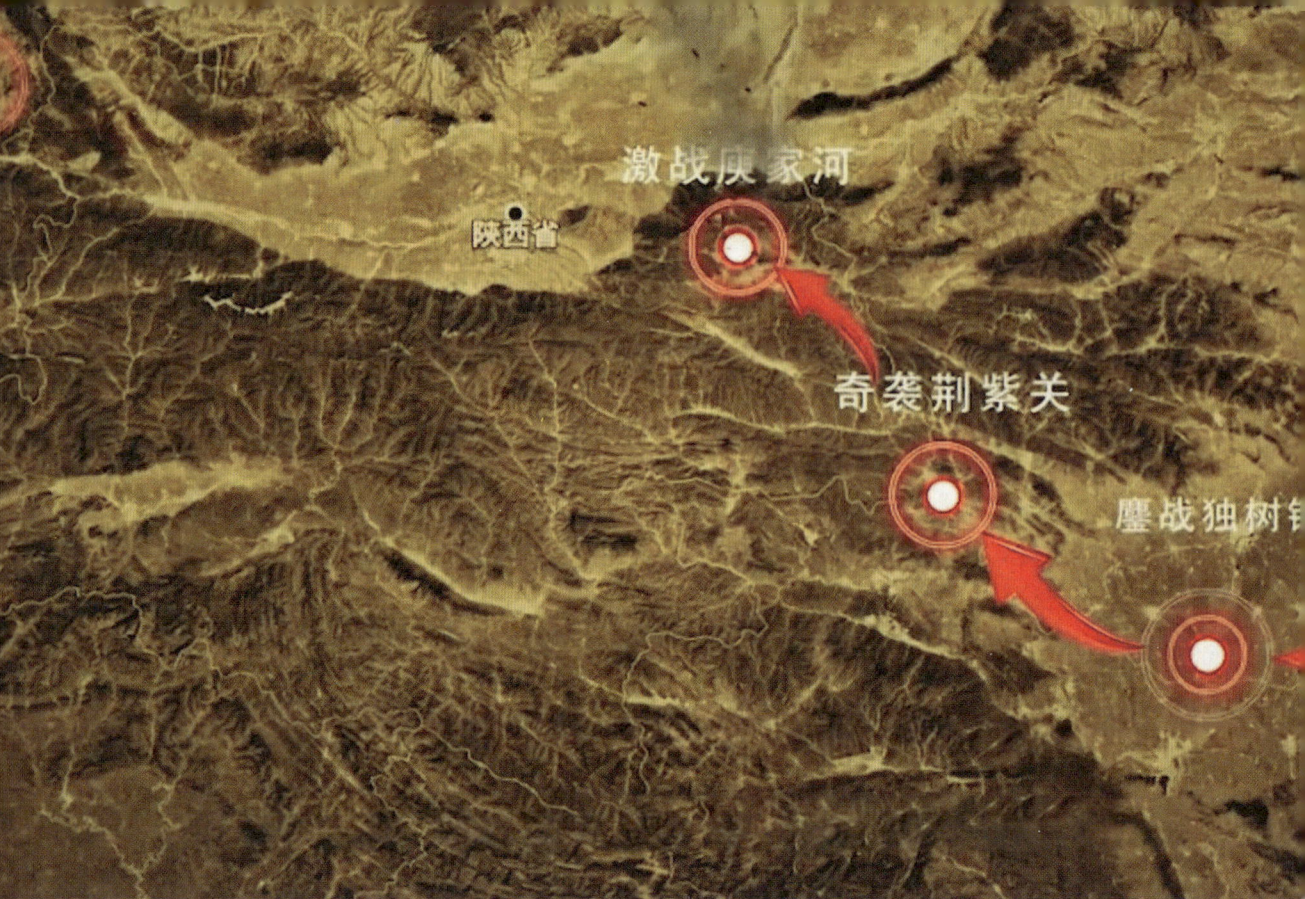

红二十五军从何家冲开始了伟大的长征

电,我们是最特别的河南人。

其实在豫鄂线上的村民心中,早已不分河南、湖北,他们平安幸福的生活也必将像绿色的大别山一样,永远常青!

青山环野立,一水抱村流。何家冲地处豫、鄂两省交界的大别山区,是河南省罗山县铁铺乡的一个行政村。何家冲是一方红色的土地,是中国工农红军长征四大出发地之一。1934年11月16日,红二十五军根据高举"中国工农红军北上抗日第二先遣队"的旗帜,在程子华、吴焕先、徐海东的带领下,从何家冲出发,开始了伟大的长征。这支队伍共2 980人,平均年龄不到18岁,最小的只有8岁。

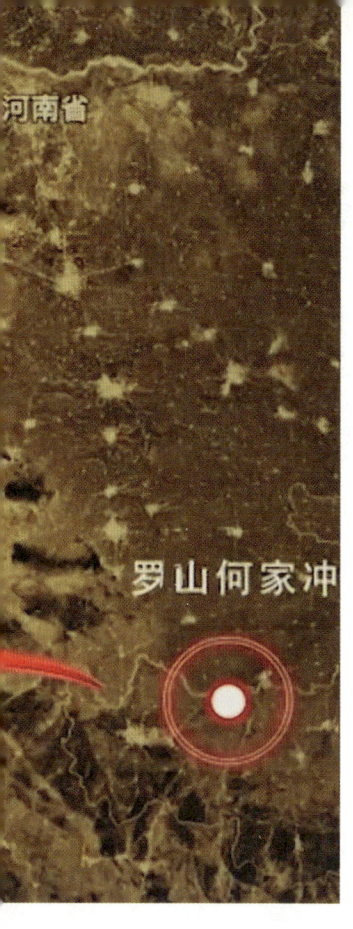

罗山何家冲

何家冲红旗猎猎

何家冲红二十五军遗址

  红二十五军出发那天,天空下起了暴雨,何家冲的乡亲们自发从家中拿出仅有的口粮,他们三天三夜昼夜不停地碾米备粮,只希望红军多带点粮食。今天,何家冲还完好地保留着当年红二十五军的旧址,这里的红军井、红军碾盘,向世人诉说着当年红军和当地老百姓的鱼水深情。

  罗山县何家冲村原党支部书记、92岁的王传伟老人深情地讲:"红军讲三大纪律八项注意,其中最突出的就是不拿群众的一针一线,跟我们亲如一家,比一家人还亲。"

  年轻的红二十五军战士肩负着载入史册的任务,从大别山何家冲走出,用鲜血和不屈的精神创造了中国长征史上一个又一个奇迹。

罗山县何家冲村原支书王传伟

据大别山干部学院教授蒋仁勇讲解，红二十五军的长征被毛主席夸赞"对中国革命立有大功"。一支孤军北上战功卓著的童子军，四支长征主力当中唯一一支建立稳固根据地的部队，他们最先到达陕北，比中央红军晚走一个月，早到一个月，被称为"北上先锋"。

今天，在当年红二十五军出发集结的大银杏树旁，一排排漂亮的农家民宿粉刷一新，新时代的何家冲人，已经开始了新的长征。

罗山县何家冲村党支部书记何宗伟告诉记者，红色旅游教育基地建设以来，何家冲新办的讲习所已经举办培训60多期，接待游客3万多人，村民们的收入也提高了许多，何家冲的变化，老百姓看得见、摸得着。

新时代，新作为，新担当。在大别山精神的指引下，一代又一代的省界儿女，正在用勤劳的双手、脚踏实地的步伐，开创更加美好的明天。

记者手记

8月8日　星期一

下午3点。

把拍摄设备、行囊,以及跳跃在脑海的画面,还有对太行山的种种感念,都整齐有序地装在车上,向济源出发。

采风时未得谋面、年轻时创造劳动纪录的"铁姑娘"到底什么样?

带领村民10年修一路,要强、倔强的老支书会不会接受采访?

太行山在我的镜头里会不会依然巍峨?

踌躇间,连绵山峦已经出现在眼前的天边。

再次见面,与济源市民政局李世民主任已像是老友重逢。

至此,敬畏、兴奋、战友,武器,前线……

一切准备就绪!

8月9日　星期二

瘦小的身材，佝偻的身体，因为关节炎而变形蹒跚的腿……

第一眼看到赵小花，我一时没能把她和"铁姑娘"的传说联系起来。

要知道，传说中的那个"铁姑娘"，曾经在修水库时，在20多分钟内连续抡锤砸钢钎2 000多下。即便血气方刚的男同胞，也都在挑战中纷纷败下阵来。

她从屋里拿出一个文物一样的相框，指着里面那个戴着火车头帽、披着绶带、戴着红花的俊俏姑娘说："这就是我。"

那是半个世纪以前的1973年。

时间再一次证明了我的浅薄。

曾经，赵小花所在的王屋镇，乃至济源大部分地区，都是守着青山吃水难，一碗水能办很多事。

曾经，赵小花为了修水库，三天两夜不眠不休运水泥。

曾经，赵小花为了修水库，拒绝提亲拒绝结婚，发誓"水不下山，我不下山"……

谁都会以为那些都是"曾经"。

吸纳山西水源、泗泽中原大地的水库是一定要拍的。前期及当天上午沟通，镇上同志还说，山路因为被雨水冲毁，正在修缮不能通行。中午随即通知：可以通行了！

采访中，赵小花主动"请求"我们，坐我们的车再上一次山，再去看一眼她和乡亲们一起修的水库。

曾经要步行山路大半天的距离，开车也就30分钟。

可在水库顶上，她说，1973年水库修成下山后，她50年没有再上来过。没别的，只是没有机缘。

我忽然对时间的概念有了些模糊。

即便按最乐观的概率计算，这一次，是赵小花50年来第一次、也可能是最后一次来到王屋山水库坝顶，来回望青春。

她说，时间过得真快啊。

可她又说，这没啥，对岸山西那边，很多人她都认识，为了支持河南这边修水库，把家，把整个村子都搬走了，很够意思。她那一辈人吃苦受罪，把活儿干了，好赖是看到、享受到今天这好日子了，只要子孙后代平平安安地享福过日子，就知足了。

时间的概念又变了。原来，曾经以为的那些"曾经"，就融化在山涧水库的幸福甘泉里。

另，记录一位四五岁的小姑娘。

拍摄需要一位小朋友出镜，情节简单：喝水，出门即可，可原先说定的小男娃面对阵势，羞涩胆怯，无法拍摄。

整个摄制组停了下来。

焦灼间，小姑娘牵着妈妈的手，从胡同拐出来，雀跃出现。

然后，乖巧得不像话，言听计从，专业喝水，专业走位，专业得不像是四五岁的山村女娃。最后，看到守在大门外的妈妈，她粲然一笑，这笑容照亮了整个画面。

晚上吃饭的时候，我跟同事说，那个女娃真的是个天使。

8月10日　星期三

因为近期天气一直阴云密布，遂修改计划，暂不上山拍摄"十年修一路"的老书记，今天主要拍摄济源市区的市容风情、特色美食、民间艺术等，作为片中边界行主题曲BGM的闪现画面。"昭阳烙"葫芦烙画、高山捏面人、高月天坛砚、小童崖柏根雕、公园合唱团、世纪广场轮滑少年……太行山和济源城市共同培育的深厚文化底蕴和青春活力，深深感染了我这个异乡来客。

在郁郁葱葱的大树掩隐下，一位优雅女士弹拨古筝的画面，更是我们的幸运偶得。在腹稿中，这一阕袅袅琴音，考虑要放在片尾，给片中的愚公故里济源留下撩拨心弦的余韵。

8月11日　星期四

不出意料，还是出了意料，30年前带领村民10年修一路的老书记，和上次见面一样，不愿意配合采访。凿山时有多执拗，有多顽强，面对我们就有多决绝。自己修的路，凿的涵洞，陆续被修葺，被拓宽，是好事，但毕竟也是老书记眼中的篡改。抵触由此而来。

可是，行走太行山好多天，也感染上一些山的性格。要让我轻易放弃，怕也不容易。市局李主任、镇政府陪同的同志，和我一起同老书记经过长达一个小时的沟通，更是出于由衷的敬佩和尊重，老书记终于拄起拐杖，从院子里的藤椅上缓缓站起来，说："走，跟你聊聊。"

这句浓重的南太行方言，犹如天籁。

30年前，带着虎劲儿的老书记正身强力壮。面对因为山路难走救治不及时痛失亲人、"娶妻靠山西吃粮靠救济"的乡亲们，老书记拍案而起，带着全村50个壮劳力挑战大山，学着祖先要开山。

毕竟是90年代了，这位共产党员觉着不能再让乡亲们穷下去。

对于现在连走山路都费劲的城市人来说，很难想象连续10年开山凿石是一种什么体验。这个河南省海拔最高、紧邻豫晋省界的小山村，付出了几乎一代人的青春，才和世界连接在了一起。

值得吗？后悔吗？问过后，我第一次觉得，这样本该煽情感性的问题，有些矫情。

当时，这群汉子哪想过这些！他们只是一定要修路，自己老了子孙接着修，一定要堂堂正正走出大山，然后再踏踏实实回来。

所以，他被评为"当代愚公"。

连续小雨，本来大雾弥漫、看不到50米的天气，居然拨云见日，我们甚至还拍到了当地人也难得一见的云海翻腾。

好运气一再出现。

究竟是一种什么力量在支持我们，在陪伴我们，在涤荡我们？

8月12日　星期五

上午，如约拍摄了南太行"王屋琴书"。

随着阅历的微涨，对这样地域色彩浓厚、直抒胸臆、不加造作的民间文化艺术形式越发有感。如果不是要主导拍摄，不是带着任务而来，我一定会坐在那里，听一上午。

就在王屋山景区，在愚公雕塑前，听一上午"王屋琴书"。让光影划过茅草屋檐，让鼓书铿锵连绵。超快的延时画面，和着超慢的升格画面，交织成奇妙的蒙太奇，深深刻在我们路过的某一片沉积岩上。

希望有更多人能来这里看看。这也是我们此行的目的之一。

按照预先的策划，今天之后，依次拍摄了美丽祥和的小镇，以及晋豫省界线由西向东第一块省界碑。

这样随机的安排，却引发了奇妙的化学反应。之前看过听过的种种故事，到这里都成了浑然天成的谋篇布局，让之前的热血奋斗、无悔付出、前赴后继，都有了最佳的注脚和解释。

简单地说，是前人栽树，后人乘凉。

可前人，不该只是生硬的标签和雕像，他们还真实地存在于我们中间。他们的故事，应该被更多人知道，被更多人铭记。比如小镇上无忧无虑的孩子，和带着孩子的妈妈。比如说，享受着平安、安宁的每一个人。

傍晚，返程郑州。一轮圆月提醒我们，今天是中元节。

下篇
豫界·各界谈

扶老助残救孤济困　福满天下利国利民
——访河南省福利彩票发行中心主任叶川

　　平安稳定是社会发展的基石，边界的平安是社会平安的一个重要体现。《平安豫界行》摄制组沿着河南省省界一路走来，记录了边界社会的稳定，人民生活的富足、安居乐业。山川、河流、湖泊、关隘为界，见证了大美河南、出彩中原的发展变迁。其间，河南省福利彩票发行中心主任叶川接受了我们的采访。

河南省福利彩票发行中心主任叶川

问：如何看待平安以及以平安为主题的这次行走省界活动？

答：平安是极重要的民生，同时也是老百姓对于美好生活需要最基本的要求，平安是我们民政事业发展中的应有之义。很高兴看到我们的系列节目关注到了省界线这个特殊的地域。在推进平安河南建设的路上一个也不能少。

旁白：河南，6条省界线全长4993公里，116个省级界桩的连线就是河南版图的空间布局。在传承红色基因、绿色健康发展的今天，省界线曾经的穷山恶水变为青山绿水，曾经的贫穷落后变为新时代的闪耀"金边"。这种变化除了坚韧不拔、自强不息的奋斗精神，当然离不开政策

省界线示意图

红利和制度优势。

问：红色精神一脉相承，为河南的发展做出了贡献，那么河南福彩在这方面有哪些作为呢？

答：我们先后开展了资助贫困母亲、慈善助学、结对帮扶等活动，助力全面打赢脱贫攻坚战，为亟须救助的贫困群体提供救助资金，向最需要帮助的社会群体释放福彩公益金的最大正能量。

旁白："扶老、助残、救孤、济困"是福利彩票的发行宗旨，30多年来，河南福彩共计销售彩票826亿元，筹集公益金248亿元，为社会提供就业岗位2万多个，成为全省发展社会福利和公益事业的重要资金来源。近年来，河南福彩主动作为、转型发展，以赋能福彩、福彩赋能的方式，积极融入文旅、绿色产业、生态保护等业态，更多更好地为河南民生发展提供服务。

问：平安是社会经济发展的基石，《平安豫界行》围绕省界线讲述平安河南的故事，那么河南福彩在建设平安河南有哪些作为呢？

答：在宏观层面，今天我们做得更多的是努力筹集更多的福彩公益金，为民政事业的发展、民生的改善提供充足资金保障；在微观层面，则是站在帮扶对象的立场上，像家人像朋友一样了解他们的需求，激发他们为了美好生活而奋斗的精气神。我们勇担民政使命，用真情用真心用实干解决好省界线群众的"急难愁盼"问题,为建设更高水平的平安河南贡献福彩的一份力量。

旁白:大美河南,从省界走起,一路上我们不仅记录了"穷则思变"的艰难历程,更探寻到了发展背后的文化底色,愚公移山精神、大别山精神、红旗渠精神、焦裕禄精神等红色精神一脉相承,它们就是雨夜里的灯塔,闪烁在河南省界的曲线上,为河南乃至中国承载着发展的底蕴和动力。行走河南,读懂中国;行走边界,读懂中原,从文化、制度、理论到道路,一路走来,我们更加自信。

结语:河南福彩作为《平安豫界行》重要的合作单位,为这次活动的顺利开展提供了有力保障和支持,也让我们近距离感受福彩事业对平安建设的贡献。我们希望福彩事业顺利开展的同时,有越来越多的需要帮助的群体从中获益。

赓续红色精神谱新篇　踔厉奋发建功新时代
——访河南省社科联副主席李新年

"八月桂花遍地开，鲜红的旗帜竖呀么竖起来……"巍巍大别山，碧绿金刚台，2022年6月16日9点，当《八月桂花遍地开》的旋律被传唱，6面鲜红的省界旗帜在山谷间飘扬，那星火燎原、生生不息的大别山精神，让人心潮澎湃。小小界桩是平安故事的载体，界桩连线的空间布局就是平安中国的一个缩影。请看我们对河南省社科联副主席李新年的专访。

河南省社科联副主席李新年

问：《平安豫界行》一经播出便受到了社会的广泛关注，您也看了这部纪录片，那么您眼里的《平安豫界行》是什么样的？

答：《平安豫界行》以"小人物连接大世界""小切口讲述大主题"的视角，展示省界线上平凡人物的平安之美。记者实地行走省界线，用车轮丈量、用影像纪录发展变化中的出彩河南；行走省界，遇见平凡，见证伟大时代的省界人物；讲述古老中原大地沧桑巨变中的平安故事；探寻省界线上各美其美、美美与共的平安之美。

旁白：平安稳定是经济社会发展的基石，也是人民群众幸福安康的基本要求。省界的平安稳定是平安中国的重要体现，也是组成中国故事的重要部分。

问：有人说，一部河南史半部中国史。在今日中国发展的大背景下，如何看待河南以及河南省界的发展？

答：河南省界线是一座巨大宝藏：中原腹地是华夏文明重要的发祥地；黄河、淮河、太行山、大别山、伏牛山、函谷关、武胜关、荆紫关等河流、山脉、关隘都在省界之上；大美河南，从省界走起，《平安豫界行》展示了"穷则思变"的艰难历程，更探寻到了发展背后的文化底色，愚公移山精神、大别山精神、红旗渠精神、焦裕禄精神等红色精神一脉相承，它们就是雨夜里的灯塔，闪烁在河南省界的曲线上，为河南乃至中国承载着发展的底蕴和动力。

平安豫界行
行走4993公里的影像记忆

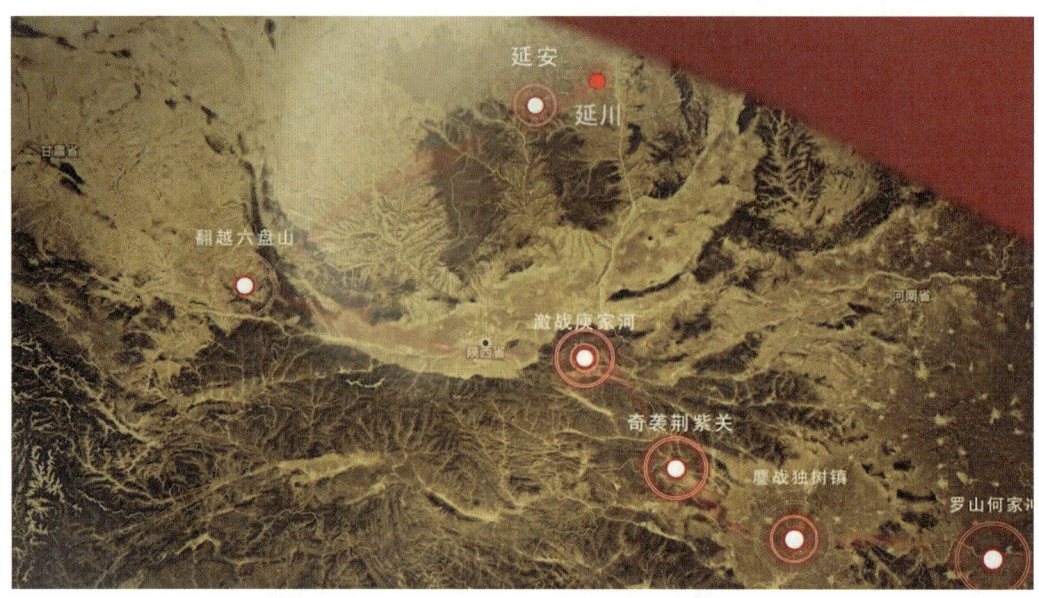

大美河南，从省界走起

旁白：河南，4993公里省界线上的13个地市的46个沿边县市区的116个界桩构成了中原版图上的河南曲线。"偏远""贫穷""落后"曾经是它们的代名词，但是今天，我们有勇气、有信心向世人展示发生在省界上的河南故事。

问：看过《平安豫界行》之后，您对行走河南，读懂中国是否有新的认识？

答：新时代的河南，是中国经济发展、社会全面进步的成功缩影。行走边界，看河南边界的发展，实际上也是看中国的发展。中国的文化核心在中原，中原的文化核心在河南。今天，在国际形势不确定的大背景下，中国的发展是世界最确定的因素，因此，我们看到《平安豫界行》，走完边界，读懂中原；走完边界，读懂中国，我们更加自信。

旁白：曾经的"边缘思维"已经变为如今的"前沿意识"，曾经的贫穷落后已经成为现在对外开放的"桥头堡"。历史的发展和时代的变迁无不情牵着生活在省界线上的每一个人，他们的故事就是今日河南高质量发展的完美注解。

问：您认为这次《平安豫界行》纪录片拍摄的现实意义是什么？

答：河南作为红旗渠精神、大别山精神、愚公移山精神、焦裕禄精神的故乡，有着得天独厚的精神资源，我们要用好身边这个最大的"钙源"，深入挖掘其时代价值，讲好中国故事，让它们在中原大地上不断发扬光大，激励全省上下以"誓把河山重安排"的豪迈气概，全面推进现代化河南建设。

结语：生命的意义是一个不断提升的过程。认知和实践就是这个过程提升的"利器"。《平安豫界行》让"利器"显露出它夺目的光芒。"红色精神"、优秀传统文化是行走的博物馆，是鲜活的"生命"，人们只有在跋涉的道路上才会与之不期而遇，才会获得新认知、新突破。我们行走在路上，从"穷山恶水"到"绿水青山"，从"边远落后"到"红色文化"，从"大美省界"到"美美与共"，通过长期奋斗，最终形成了发展的内生动力。

小界桩牵动大战略

——访河南省遥感院党委书记李辉

《平安豫界行》在河南、山西省界线对界桩的拍摄中，首次运用了河南省遥感院提供的实景三维技术。这种实景三维技术的背后竟然是一个重要的国家战略。

2023年被称为"实景三维中国建设"的元年，"实景三维中国建设"已经纳入"十四五"自然资源保护和利用规划。国家明确，到2025年，50%以上的政府决策、生产调度和生活规划通过线上实景三维空间完

河南省遥感院党委书记李辉

成。在"实景三维"的助力下,《平安豫界行》的视觉效果获得提升,而"实景三维"为社会经济发展赋能才刚刚起步。

问:小小界桩划分了地域区划,界桩连线构建了版图的空间布局,给了我们对家园的区域定位。小小界桩连接着我们最朴素的情牵之地。当小界桩遇到实景三维,大战略就从这里开始。实景三维技术助力国家在数字中国建设方面将有很大作为。那么,具体而言,该如何认识实景三维呢?

答:实景三维是我们对生产、生活和生态空间进行真实、立体、时序化反映和表达的数字虚拟空间,是新型基础测绘标准化产品,是国家新型基础设施建设的重要组成部分,为经济社会发展和各部门信息化提供统一的空间基底。

旁白:这样的专业化解释,让我们对实景三维的理解还是一头雾水。为了便于理解,李辉给我们进行了更加直白通俗的讲解。

答:实景三维,用一句话来讲就是真实拍摄的虚拟空间,空间是虚拟的,数据是真实的。目前实景三维还处于起步阶段,但是,未来实景三维一定会融入我们的生活,成为我们生活中重要的组成部分。

问:短短十几年时间,我们经历了无线通信向智能终端的跨越式发展,然后开启了一个智能终端的大时代。今天,随着实景三维中国建设

平安豫界行
行走 4993 公里的影像记忆

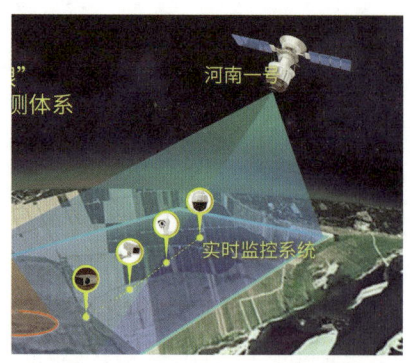

有力支撑天眼系统的建设与应用

河南一号的发射

为《平安豫界行》提供技术支持

实景三维中国建设的元年

的突飞猛进，我们又将开启一个怎样的新时代？

答：通过无人机拍摄建模为《平安豫界行》提供技术支持是遥感技术的一种体现。实景三维中国建设是一个更为宏大的概念，未来和我们的生活息息相关。

旁白："人机兼容、物联感知、泛在服务"是实景三维的场景应用，而实现数字空间与现实空间的实时关联互通，为数字中国提供统一的空间定位框架和分析基础，是实景三维为数字政府、数字经济提供的战略性数据资源和生产要素。

问："河南一号"卫星是河南遥感事业的一件大事，也是河南实景三维技术的一大突破。河南在建设实景三维中国中将有哪些作为呢？

答：2022年8月10日，我们遥感院联

合吉林长光卫星股份有限公司，共同组织实施了我省首颗遥感卫星"河南一号"的发射，目前卫星已正式投入运营，"河南一号"卫星的发射和组网运行，对有力支撑"天眼"系统应用，提升我省卫星遥感监测监管能力，加快实景三维河南建设，支撑智慧城市建设与应用，服务现代化河南建设，促进卫星及应用产业的快速发展具有重要意义。

结语：小界桩牵动大战略，《平安豫界行》的拍摄和制作，得到了河南省遥感院、河南省地理信息院的大力支持，为展示大美河南、壮美省界提供了有力支撑。在实施实景三维中国的建设中，我们有理由相信他们一定会做出更多更大的贡献。

致敬省界上飘扬的旗帜

——访河南工业大学新传院社会实践活动师生

行走河南,读懂中国。大型全媒体纪录片《平安豫界行》完美收官,关于平安河南、大美省界的中国故事还在继续传颂。拍摄期间,我们偶然得知河南工业大学新传院的学生们的暑期社会实践活动的部分路线和我们不谋而合。

问:为什么要组织学生去"红色精神"的发源地进行暑期社会实践活动?

河南工业大学团委副书记杨伟超

河南工业大学部分师生分享暑期社会实践活动心得

河南工业大学新传院团委副书记杨伟超:"愚公移山精神、大别山精神、焦裕禄精神、红旗渠精神,这些划时代的精神是宝贵的财富,是坚定理想信念的'传家宝',更是我们传承和发展的使命。利用暑期让我们的学生致敬省界上飘扬的旗帜,对我们学校的学生社会实践活动有着非常重要的意义。"

旁白:2022年暑假,来自河南工业大学新传院的23位学生分别踏上列车前往愚公移山精神、大别山精神、焦裕禄精神、红旗渠精神发源地,开展为期一周的暑期社会实践活动。学生们的社会实践点也是我们《平安豫界行》摄制组重要的拍摄取景地。

问:通过去红色精神的发源地进行暑期社会实践活动,感受最深刻的是什么?

河南工业大学新传院学生张帅："在一个当年参加过修渠老人爽朗的笑声中，我感受到了红旗渠带给旧时林州的生命与活力。"

河南工业大学新传院学生陆君："读万卷书，行万里路。起初，我把'愚公移山'看作一个寓言故事，去之前，从故事之外我读到了'下定决心，不怕牺牲，排除万难，去争取胜利'的愚公精神。去了之后，通过了解'当代愚公'，我了解了'咬定目标、苦干实干、锲而不舍、久久为功'的新时代愚公移山精神。"

河南工业大学新传院学生李思诺："我们先来到的是兰考县展览馆，映入眼帘的是焦裕禄的雕像，他的脸上略显疲惫，皱纹清晰可见，但是双眼却坚定地望着前方，后来我得知他是穿着一双磨破的布鞋，走过兰考每一片盐碱地，亲手种下一棵棵象征希望的泡桐树。其实他后期深受病痛折磨，却仍然带病工作到生命的最后一刻。我感觉到生命是有限的，但是英雄人物崇高精神的影响却是无限的。"

旁白：读懂河南从省界走起，读懂中国从河南出发，4993公里116个省级界桩的连线，不仅建构了河南版图的地理区划，更构建了中原儿女的精神家园。愚公移山精神、大别山精神、焦裕禄精神、红旗渠精神，它们是中原大地竖起的一座座灯塔，指引着中原儿女乃至中华民族从胜利走向新的胜利。

问：红色精神发源地暑期社会实践活动是大学期间诸多活动之一，

如果说这次活动能对未来自己的人生之路有所启发,那么它们是什么呢?

河南工业大学新传院学生王雅婷:"我们作为新时代的大学生,应该少一分投机取巧,多一分踏实肯干,更好地弘扬和发展红旗渠精神,用实干来建设我们的家园。"

河南工业大学新传院学生余倩:"作为新时代的大学生,在建设祖国的道路上,更要守初心担责任,沿着革命先辈的足迹,一步一个脚印地走起。"

河南省工业大学新传院学生陆君:"人人都知道愚公移山,却不是人人都想做愚公。即便只是一束微光,我也想从我做起,争做新时代愚公。"

旁白:时代的进步,离不开一代代青年人的奋斗;边界的发展,更需要注入强劲的青春血脉。以奋斗姿态激扬青春,不负时代不负华年,为新时代的中国,为实现伟大复兴的中国梦贡献青春力量。

结语:革命精神代代传,星星之火可燎原。《平安豫界行》拍摄路上的"偶遇",让河南工业大学的这些学生成为我们镜头中的主角,从他们略显稚嫩的脸上和对"红色精神"感悟中,我们仿佛看到了文化传承的力量。他们是祖国的未来和希望,也是省界发展的后备力量,从他们身上我们看到了前行的动力。

绘制出行蓝图　助力伟大复兴
——访上汽大众汽车有限公司华中大区经理王立峰

行走边界，读懂中原，我们在路上。《平安豫界行》摄制组沿着中国中部河南省界线一路走来，上汽大众新途观L一路陪伴，我们走到哪里，哪里就有它的身影。

问：上汽大众伴随《平安豫界行》一路走来，两者之间有着怎样的共同之处？

上汽大众汽车有限公司华中大区经理王立峰

答：《平安豫界行》所展示的平安主题，以及"小切口大情怀"的人文表达，和我们上汽大众在价值观方面是契合的，我们有着相同的价值观。

旁白：上汽大众新途观L作为独家赞助《平安豫界行》摄制组使用车辆，从大别山到太行山，从淮河到黄河，从武胜关到函谷关，从大别山精神、焦裕禄精神发源地到红旗渠精神、愚公移山精神发源地，从边远落后到前沿开放，车轮在省界线穿行，见证省界变迁，记录平安故事，出彩河南有上汽大众的一份贡献。

问：今天，畅通便利的道路交通给我们提供了"说走就走"的便捷，即使行驶在人迹罕至的省界道路上，也能感受到良好的通行状况，这一切都源于社会经济的飞速发展。作为生产重要道路交通工具的企业，上汽大众在中原大地上给消费者提供了哪些服务呢？

答：上汽大众华中区域目前共有122家4S店，店面分布在华中两省34个县级以上城市，无论是销售还是售后服务，均可以便捷地为消费者提供贴心的服务，即使在户外复杂的路况下，一款新途观L也完全可以满足消费者多场景的需求。

旁白：窥一斑而知全豹，从一款出行便捷的交通工具到中国发展的十年巨变，从小规模产业到世界最大汽车市场，从手工的敲敲打打到每

60秒下线一台新车，中国汽车市场已经发生了翻天覆地的变化。从边缘到前沿，从小作坊到大市场，沿着省界线一路走来，从过去、现在到未来，这是一场跨越时空的对话，这是一次面对未来的宣示：中国共产党坚强领导下的新时代，肩负着中华民族伟大复兴的新使命，中国共产党正带领全国人民朝着新征程一步步迈进。

问：省界的发展就是一个不断打破自我局限，用新思想推进新时代前行的过程。面对经济全球化和科技高速发展的今天，如何理解"只有敢于不断革新、不断创造出新科技才能拥有未来"？

答：上汽大众始终陪伴国内车市与消费者共同发展与成长，持续自我革新、加速开拓；上汽大众将拥抱未来科技，以诚意与活力回馈用户，与中国汽车行业共同绘制充满前景的出行蓝图，助力我们的祖国实现伟大复兴的中国梦！

结语：党的二十大报告为中国未来的发展绘就了壮美的图景，为实现伟大复兴的中国梦提出了纲领性的要求。省界的发展也迎来新的春天。在新时代的光辉征程中，无论是省界线上的山里人还是界线管理的界管员、民政员，抑或企业、机构等，只要心怀中华民族的伟大复兴梦想，勇于实践，就都是筑梦人。筑梦新时代。

《平安豫界行》主题歌：豫界平安·遇见你

作词：陈俊　　作曲：安健乾

A

小村边儿，住对门，豫见界桩遇见你。

嘿，悠悠的黄河情，静静的淮河水，

滋养着中原儿女出彩又出圈。

滔滔大河向东流，滚滚车轮平安行，

豫北林州任村镇，豫南商城长竹园。

豫西灵宝豫灵镇，豫东商丘苗桥镇，

鄂鲁皖，晋冀陕，六条省界镶金边。

探寻地图动态美，平安豫界大中原，

探寻地图动态美，平安豫界大中原。

行走边界，读懂中原。

B

一把土，一滴水，唇齿相依豫界情。

大别山，太行山，心心相印伏牛山。

愚公移山了不得，非遗传人在身边。

嘿，人工天河红旗渠，建设家乡勇当先，

无私奉献焦裕禄，红色记忆永相传。

穿越时空的界碑，触碰鲜活的灵魂，

守护员、民政员、干部、群众和党员。

家乡美，省界情，飞地故事说不完。

行走边界，读懂中原。

C

界桩就在我眼前，记忆涌上我心间，

走出这道关，蹚过那条河。

当年的小村边儿，不见熟悉的你，

边界有界，大爱无边，大爱无边。

穿越省界那座山，遇见你我的平安，

绿水青山沿边行，美美与共省界情。

出彩出圈大中原，和谐共处是智慧，

行走在边界，我们在路上。

丈量界桩丈量情，丈量精神的家园。

丈量界桩丈量情，丈量精神的家园。

行走边界，读懂中原。